AF293761

HELGARD BAUHARDT

PSYCHOPOESIE
Geschichten zum Gesundwerden

AUFERSTEHUNG der BLUMEN

© 2023 Bauhardt

Verlagslabel: PSYCHOPOESIE
Cover, Foto, gemalte Bilder: Helgard Bauhardt

Druck und Distribution im Auftrag der Autorin:
tredition GmbH, Heinz-Beusen-Stieg 5, 22926 Ahrensburg, Deutschland

ISBN 978-3-384-15915-1

Friedensglocken

Wovon ein Schneeglöckchen träumt
im Winter
und das nicht nur zur Weihnachtszeit
es träumt von einem Läuten
im Frühling
dem Läuten
einer neuen Zeit
das lauter ist als Glocken
als Glocken zu aller Zeit
es läutet den Frieden
den Frieden auf Erden
        den Erdenfrieden ein
es träumt
von seiner Zeit im Frühling
die kommen wird
im Februar
wo zarte Töne
sich schwingend vertragen
einnisten
in ein menschlich Herz
und Tränen
verwandeln
in Sonnenstrahlen
sein Traum sich erfüllt
läutend
löst den Schmerz

Prolog

Frühlingsblumen waren tief in der Erde eingegraben, und sie wollten aufsteigen aus der Tiefe des Bodens in Richtung Himmel, um auf der Erde ihre Blütenpracht zu entfalten, aber sie konnten es nicht. Irgendetwas drückte sie zu Boden, hielt sie am Boden fest, und sie hatten nicht die Kraft, sich diesem Druck zu widersetzen. Sie spürten, daß ihnen die notwendige Kraft fehlte. Die ganze linke Seite ihrer Zwiebel fühlte sich hohl und leer an, als ob ein wichtiger Teil von ihnen fehlte, so daß sie nicht die erforderliche Kraft aufbringen konnten. Sie dachten schon, sie müßten den Frühling tief versunken im Boden verbringen und das Blühen würde ihnen versagt bleiben.

Alle Anstrengungen, die sie bisher gemacht hatten, schienen sinnlos, nutzlos gewesen zu sein. Was sollten sie sich denn noch abmühen, wenn alles doch vergeblich sein würde. Da konnten sie doch gleich am Boden liegen bleiben, den Frühling verschlafen und vielleicht hoffen, daß es im kommenden Frühling anders sein würde. Aber das wußten sie auch nicht. Wer sollte ihnen das denn garantieren? Und ob sie überhaupt so lange da unten in der Finsternis aushalten würden, das wußten sie auch nicht. Was sollten sie nur machen? Sie trommelten mit ihren Fäusten gegen die Wände, aber es hörte niemand. Die da draußen oben auf der Welt schienen taub für ihre trommelnden Fäuste zu sein. Aber es gibt ja immer Ausnahmen.

Und genau das geschah. Jemand da oben auf der Erde mußte ihre Hilfeschreie und ihre trommelnden Fäuste wahrgenommen haben und löste ein kleines regional begrenztes Erdbeben aus.

Plötzlich und völlig unerwartet öffnete sich ein unterirdischer Gang, durch die ganz viele Blumenzwiebelanteile auf allen Vieren angekrochen kamen, direkt in die Blumenzwiebel hinein und gleich in der linken leeren Hälfte Platz nahmen. Sie fanden den Platz ohne Anweisung und ohne Sicht sofort, schienen ein Gespür zu haben, als ob sie hier schon einmal gewesen wären. Sie verkrochen sich erst einmal in die Ecke, sprachen kein Wort und zitterten vor Angst.

Und auf einmal kam eine weitere Erschütterung, und der Gang verschloß sich. Sie waren in Sicherheit. Die Blumen der rechten Seite in der Blumenzwiebel fragten, woher sie denn kämen. *Direkt aus der Hölle*, antworteten sie. Dann war erst einmal Ruhe, denn sie wirkten sehr, sehr erschöpft. Die Flucht aus der Hölle mußte sehr anstrengend gewesen sein, und unterernährt und abgemagert sahen sie auch aus.

Nachdem sie ein wenig ausgeruht hatten, kamen sie so langsam ins Gespräch. Die rechte Seite der Frühlingsblumen erklärte der linken Seite ihr Vorhaben, auf die Erde aufzusteigen. Die Frühlingsblumen der linken Seite meinten, daß das auch von ihnen ein Traum in der Hölle gewesen sei, sie sich aber gar nicht getraut haben, daran zu glauben, daß dieser Traum Wirklichkeit werden könnte.

Die rechte Seite erzählte, daß sie es allein auch nicht schaffen könnte, und nur, wenn sie sich gegenseitig helfen und unterstützen würden, hätten sie genug Kraft, der Anziehungskraft der Erde ihre Fliehkraft entgegenzusetzen. Die linke Seite war begeistert. Und jetzt trommelten sie gemeinsam. Eine Gitarre hatten sie aus der Hölle noch ergreifen können, denn sie hatte ihnen bereits in schweren, eigentlich unerträglichn Zeiten geholfen, die Höllenqualen zu überleben.

Daher dachten sie, daß sie vielleicht beim Aufstieg helfen könnte, die richtigen Töne zu finden, daß die Erde ihnen einen Weg öffnete. So spielten sie Gitarre, unermüdlich immer wieder Gitarre.

Und sie konnten auf einmal die Sonne aufgehen und einen blühenden Apfelbaum sehen. Diesem Weg, der wie eine Sprossenleiter aus geflochtenen Seilen aussah, wollten sie folgen. Die Sogkraft der Erde schien sich in eine Hebekraft verwandelt zu haben, so daß die Schritte sogar leichter als erwartet gingen. Und was sie bisher heruntergezogen und am Boden festgehalten hatte, schien sie jetzt beim Aufstieg zu unterstützen, wie einen Rückenwind. Die rechte Seite tat den ersten Schritt, konnte einen Fuß vom Boden lösen, dann folgte die linke Seite und setzte einen Schritt weiter nach oben. Dabei schauten sich beide Seiten immer wieder an und freuten sich miteinander, wenn ein neuer Schritt erklommen war.

Es schien so, als ob sie sich in angenehmer Weise überflügeln würden, sprachen sich immer wieder Mut zu, wenn Bedenken oder Befürchtungen auftraten. Sie ließen sich von nichts und von niemanden von ihrem Weg abbringen. Es war so, als ob ihnen Flügel gewachsen waren, deren Schwingen so viel Kraft erzeugten, daß sie vom tiefen Boden loslassen und allmählich beinahe tanzend nach oben schweben konnten. Und der Bodenwind schien dazu noch in die Schwingen zu zu pusten. Als sie dann ganz oben waren, sorgte die eine Seite dafür, daß Regen kam, damit sie ihren Durst stillen und empor ans Licht wachsen konnten. So kamen sie unbehelligt auf der Erde an, gesund und munter, ohne eine Schramme, ohne eine Verletzung, ohne einen Unfall, eben unbehelligt.

Und dann kam ein Regenbogen. Wie ein Tor tauchte er am Himmel auf und reichte beidseits bis zum Boden. Die Frühlingsblumen standen direkt darunter, unter dem Tor, spürten die Kraft des Himmels. Die Verbindung von Himmel und Erde. Die Gitarrenklänge noch im Ohr begannen sie zu tanzen: *Küsse unterm Regenbogen, die bringen Glück.*

So erlebten die Frühlingsblumen einen schönen Frühling, überall sprießten und blühten sie. Niemand konnte sie abhalten davon, einfach zu blühen, denn das war ja ihre Bestimmung.

Und beide Seiten lernten voneinander, das Erwachen am frühen Morgen, das Aufblühen, das Müdewerden, zu Bett gehen und Einschlafen. Zuvor gab es

jedoch ein Nachtgebet, und nachts träumten sie etwas Schönes. So erlebten die Frühlingsblumen einen neuen Frühling.
Aber wie jede Jahreszeit seine Zeit hat, so ging der Frühling allmählich vorbei.

GEBET

**Gott, Heiliger Geist,
der Du die Erde berührst an ihren Enden,
laß mich bleiben
      unter dem Regenbogen
            deiner Güte.**

Friedrich Schorlemmer

Die Frühlingsblumen waren verwelkt, und sie waren in ihre Blumenzwiebel zurückgekehrt, dort konnten sie sich regenerieren, auftanken und träumen, vom kommenden Frühling, wo sie neu, größer und schöner wieder zur Erde emporwachsen würden, mit neuen Kräften. Wie würde der neue Frühling aussehen? Würde wieder ein Regenbogen kommen, der ihnen das Tor zu einer Welt eröffnete, von der man nur träumen kann? Ja, unter dem Regenbogen hatten sie getanzt, es schien Sonne und war ein sanfter Regen, wo sie barfuß in den Pfützen tanzen konnten, denn der Regen war sanft und warm. *Küsse unterm Regenbogen,* zu dieser Melodie tanzten sie und sie sangen mit, aus vollem Halse: *"Küsse unterm Regenbogen, die bringen Glück, dann bist du nie mehr allein. Küsse unterm Regenbogen sind dein Geschick, und das wird immer so sein."* Mit diesem Lied in den Ohren konnten sie in Frieden welken und in sich gehen. Was für ein Lied wäre denn im nächsten Frühjahr ihr Schlagerstar? *Wenn der Frühling kommt, dann schicke ich dir, Tulpen aus Amsterdam,* das hatten sie auch schon gesungen. Das Leben auf der Erde war voller Überraschungen. Auf jeden Fall würden sie die Gitarre bitten, um wieder früh am Morgen zu spielen, denn der Aufstieg am Morgen war besonders ergreifend, die Sonne mit ihren sanften Strahlen, der Wind mit seinem lauen Duft und der leichte erfrischende Regen, nicht zu kalt, nicht zu warm. Da ließ es sich sprießen, blühen und tanzen. Sie tanzten oft, im Frühling, und es gab so viele schöne Tänze, in denen sie sich ausprobieren, ihre Stängel, Blätter und Blüten im singenden Wind wiegen konnten. Nie würden sie diese schöne Zeit vergessen und voller Neugier auf das Kommende jetzt ausruhen, vom vielen Blühen, vom vielen Tanzen. Und nicht nur, daß sie selber so Schönes erleben konnten, sie wollten es auch für kommende Generationen möglich machen und säten ihre Samen aus, damit neue Blumenzwiebeln entstehen konnten, die zwar anfangs noch klein, jedes Jahr größer würden und dann gemeinsam mit ihnen das Frühlingsfest in der Nacht vom 5. zum 6. Mai feiern könnten. An diesem Tag erwachte der Frühling aus dem Winterschlaf, und zwei Sterne am Himmel begegneten sich in dieser Nacht. So heißt es in der Legende über Hidrellez bei Kemal. Nur Liebende konnten dies sehen und warteten sehnsüchtig auf diesen Tag, genau wie die Frühlingsblumen in den Blumenzwiebeln. Und wenn sie Glück hatten, konnten sie auch die Sterne sehen. Jedes Jahr wurde dieses Fest in Istanbul gefeiert, das auf dem alttürkischen Plejadenkalender beruhte.

Der Tanz unterm Regenbogen war dagegen das Fest der Frühlingsblumen, das auch Menschen sehen konnten, die einander lieb gewonnen hatten. Nun war diese schöne Zeit vorbei, und der Sommer war gekommen. Immer länger wurden die Tage, immer kürzer die Nächte, und der Sternenhimmel wechselte auf Sommer, ganz allmählich. Und plötzlich war er da, der Sommer des Lebens. Es war die Zeit der Sommerblumen. Aber sie kamen und kamen nicht, denn es war zu trocken und zu heiß auf der Erde. Nur eine Sonnenblume aus der Zwiebel wagte den Aufstieg, fand die Kraft. Allein stand sie dort, auf der Erde. Niemand sah sie. Niemand konnte *Hallo* sagen und sich an ihr erfreuen. Das war eine schwere Zeit. Sie drehte sich in die verschiedenen Himmelsrichtungen, immer wieder vergeblich. Da, plötzlich, als sie ihre Antenne in Richtung Ost ausgerichtet hatte, konnte sie ein Signal aus der Ferne vernehmen. Es war auch eine Sonnenblume, die auf der gleichen Wellenlänge funkte, sich schon lange drehte und zufällig ihre Antenne nach West ausgerichtet hatte. Es war ein glücklicher Zufall. Sie waren nicht allein und lagen auch noch auf der gleichen Wellenlänge. Sie erzählten sich, daß sie beide wohl zur Zeit die einzigen Sommerblumen auf der Erde seien, die aufgestiegen seien. Die anderen hätten keine Kraft gehabt, sie hätten sich in der Zwiebel mit anderen Blumen gestritten. Das habe an ihren Kräften gezehrt, sie ihrer Kräfte beraubt. Die eine Seit habe wohl recht gehabt und habe sich dann rechthaberisch aufgespielt. Es sei wie im Krieg gewesen: Rechthaben und gewinnen, siegen. Die andere Seite habe zwar ihren Fehler zugegeben und sich sogar entschuldigt, worauf sich die eine Seite noch rechthaberischer aufgespielt habe. Es sei unerträglich gewesen, und sie, die Sonnenblume habe sich abkoppeln können und habe mit letzter Kraft die Erde erreicht. Dort sei sie die ganze Zeit allein gewesen, und nun sei sie froh, eine Schwesternblume gefunden zu haben. Sie sahen sich auch wie zum Verwechseln ähnlich, wie Zwillingsschwestern.

Als die Frühlingszwiebeln allerdings von ihrem Leben auf der Erde erzählten, und daß sie ihre Träume gelebt haben, da seien die verfeindeten Seiten plötzlich still geworden, denn so etwas Schönes hätten sie auch gerne erlebt. Darin waren sie sich plötzlich einig. Die rechthaberische Seite meinte, sie wolle die Rechthaberei aufgeben und nicht mehr feindlich gegen die andere Seite agieren. Und die andere Seite meinte, sie wolle nicht noch Ätsch-Bätsch sagen, wenn sie recht habe. So erklangen auf einmal ganz andere Töne in der Blumenzwiebel. *Wir wollen aufsteigen, auf die Erde, zusammen und uns gegenseitig helfen und achten, vor allem achtsam miteinander umgehen.* Sie spürten, daß ihre Kräfte so langsam wieder stärker wurden.

Was so ein sinnloser Streit doch für Kräfte rauben konnte und das Leben behindern, bzw. sogar verhindern. So erzählten sie lange miteinander. Die ehemals rechthaberische Seite berichtete von ihrer Erfahrung in der Hölle und daß sie froh sei, der Hölle entflohen zu sein und nun in der Blumenzwiebel sein könne. In der Hölle sei es sehr schlimm zugegangen, so daß sie gar nicht wisse, wie das Leben auf der Erde sei. Sie habe daher Angst, habe sehr lange im Dunkeln leben müssen und habe jetzt Angst vor dem Licht. Die andere Seite verstand das gut und hatte eine Idee, denn sie waren die Blumen, die voller Ideen so sprießten:

Dann würden wir doch erst einmal nachts aufsteigen, könnten ein bißchen die Luft schnuppern und auch die Sterne sehen. Und wenn die Sonne sich früh im Osten ankündigt, gehen wir schlafen in die Blumenzwiebel.
Das ist eine tolle Idee, so langsam den Weg ins Leben (wieder) finden. Vielleicht kommen dann auch unsere Erinnerungen wieder, denn wir waren ja schon mal dort, auch schon mal aufgestiegen, wurden aber immer wieder eingefangen und in die Hölle verdammt, verbannt, denn wir wurden im Tageslicht gesehen, meinte die linke Seite.

Dann legten sich die beiden Seiten jedoch erst einmal schlafen, und es wurde Ruhe in der Zwiebel. Man konnte den gleichmäßigen Rhythmus ihres Atems hören und ihr Herz gleichmäßig im Takt der Erde schlagen hören. Sie waren in Resonanz mit sich und der Erde. Ihre Träume kann man nur erraten, denn ab und zu zeigte sich ein leichtes Lächeln auf ihren Gesichtern. Die Frühlingsblumen summten ein Lied an und begleiteten es leise mit der Gitarre, denn für ein Klavier war es in der Blumenzwiebel doch etwas zu eng. *Die Blümelein sie schlafen, schon längst im Mondenschein, sie nicken mit den Köpfchen auf ihren Stängelein. Es rüttelt sie der Blütenbaum, er säuselt wie im Traum. Schlafe, schlafe, schlafe du mein Kindelein.* Dann setzte der heilsame Tiefschlaf ein, wo nicht einmal mehr Traum war. *Schlafe, schlafe, schlafe du, mein Kindelein.*

Schöner konnten sie nicht in den Schlaf gesungen werden, und so konnten sie träumen, träumen, träumen, träumend einschlafen, tief schlafen und mit einem schönen Traum erwachen.

Was hatten sie geträumt? Ein Lied, das sie singen wollten, wenn sie das erste Mal in der Nacht aufsteigen würden, um die Erde neu zu entdecken. *Am Himmel fährt ein Wagen, Sternlein, Sternlein hü, die Pferde sind mit Stern beschlagen, Sternlein, Sternlein, ho.* Das wollten sie singen. Die Frühlingsblumen hatten ja berichtet, daß auf der Erde ein großer Flügel stehen würde, wo zum Gesang Klavier gespielt werden konnte. Eine Glockenblume wachte plötzlich auf und läutete *ich, ich. Du, du,* fragte die Hortensie, und die Glockenblume läutete, *Ja, ich kann Klavier spielen.* Da war plötzlich ein Weinen in der linken Seite der Blumenzwiebel zu vernehmen. Was weinten sie mit ihren Tränen?
Ja, wir wollen gerne aufsteigen aus dem Dunkel, aber wir haben nicht die richtige Kleidung, um uns auf der Erde zu zeigen, um auf der Erde zu tanzen. Uns wurden Verkleidungen übergestülpt, die angeklebt wurden und sich jetzt nicht lösen lassen. Vielleicht sind sie sogar angewachsen. Und wir sind aneinander gekettet. Das Täternetzwerk hat es so gemacht. Sie sind kreuzgefährlich und haben uns diese Kleidung einfach übergestülpt, damit wir wie Bösewichte aussehen und uns verstecken müssen. Sollten wir so auf die Erde aufsteigen, würden wir sofort gejagt werden, da wir wie Schwerstverbrecher zur Fahndung ausgeschrieben sind. Auch ist eine Prämie ausgesetzt, eine

Belohnung. Selbst, wenn wir im Dunklen aufsteigen, Mond und Sterne würden uns sehen. Sie würden uns zwar nicht verraten, denn sie können ja tiefer blicken und in das Herz eines Menschen sehen. Aber wir würden uns schämen.

So weinten sie bitterlich. *Und was ist mit euren schönen Kleidern und eurem Schmuck? Die wurden uns weggenommen und damit verkleiden sie sich, damit alle denken sollen, sie seien die Guten. Und sie machen einen auf Opfer, dabei sind sie die Täter, Verbrecher, jammern herum und meckern ständig herum, daß man am liebsten schwerhörig wird, da man es nicht mehr hören kann, es nicht auszuhalten ist. Sie haben uns bestraft für Ungerechtigkeiten, die sie erfahren haben und machen das Gleiche wie ihre Täterschurken. Vor allem spielen sie sich als Götter auf. Sie sind einfach schrecklich, geben sich vor anderen als liebe Mutter, lieber Vater, toller Ehemann aus. Wir könnten die Kette fortsetzen. Sie benutzen unsere schöne Kleidung, und wir müssen diese häßlichen Kostüme tragen.*

Die Frühlingsblumen hörten schweigend zu, waren ganz Ohr, zeigten Anteil an dem Schicksal der Sommerblumen und baten um eine Gesprächspause, denn nun wußten sie auch nicht, wie es weitergehen konnte. Daher zogen sie sich erst einmal zur Beratung zurück, wollten eine Nacht darüber schlafen, denn billigen schnellen Rat wollten sie nicht erteilen. Sie hatten nicht nur Ideen, sondern waren auch sehr verantwortungsbewußt. Aber es tat den Sommerblumen auch gut, daß ihnen die Frühlingsblumen zugehört hatten, sie sich immer besser verstanden fühlten und so erst einmal wieder zur Ruhe kommen konnten. Guter Rat ist eben teuer. Und als Ruhe in der Blumenzwiebel eingetreten war, konnte man einen sanften Regen hören, der vom Himmel auf die Erde fiel und auch tiefere Bodenschichten so langsam, nach und nach erreichte. Erst waren es nur ein paar wenige Tropfen, dann wurde es immer mehr. Begierig nahmen die Sommerblumen diese Tropfen auf, um ihren Durst nach Leben zu stillen. Aber auch die Frühlingsblumen brauchten das Naß, um sich zu regenerieren, damit sie im nächsten Jahr wieder aufsteigen und im Frühling unterm Regenbogen tanzen konnten. Diese schöne Erfahrung hatte sich unauslöschlich in ihr Blumengedächtnis geschrieben. *Wir kommen wieder, brauchen nur eine Blühpause, um uns zu regenerieren und schön wiederzukommen.*

Und so schliefen sie erst einmal friedlich ein. Sie schienen sehr lange geschlafen zu haben, als es sich in der linken Seite plötzlich zu regen anfing. Der Regen hatte aufgehört, der Durst war gestillt worden, und es wurde wärmer. Was war das? Woher kam die Wärme? Und obwohl sie ja in der Erde zusammengekullert lagen und es dunkel war, schien es heller geworden zu sein. War es denn jetzt schon Tag? Und wie sollte es unter Tage denn hell sein? Da brauchte man doch Lampen, wie die Bergleute, die unter Tage arbeiteten und im Winter gar kein Tageslicht sehen konnten, da sie am Tage untertage waren, wie es so hieß. Gab es da nicht sogar ein Gedicht, das eine Dichterin im Erzgebirge gedichtet hatte? Ja, Lichterbögen, hieß es. Jetzt fiel es ihnen wieder ein, und es hatte ihnen und vielen Menschen auf der Erde gefallen. *Daß der Bergmann in tief verschneiter Nacht den Weg nach Hause finde.* Ja, dafür hatten liebe Menschen die Lichterbögen im Erzgebirge erfunden, erdacht, für die Bergleute, daß ihr Weg heller werde, denn damals hatte es noch kein elektrisches Licht gegeben, und Kerzen hatten vor allem die Bedeutung, es Licht werden zu lassen, im Dunklen sehen zu können und den rechten Weg zu finden, sich nicht zu verirren.

LICHTERBÖGEN

Aus der Not geboren, die Lichterbögen

in den Fenstern des Erzgebirges,

daß der Bergmann seinen Weg nach Hause finde,

in dunkelster Nacht im kalten Winter

mit verschneiten Straßen.

Jetzt sehe ich

die Lichterbögen in den Fenstern

mit ganz neuen Augen,

jetzt erst sehe ich wirklich

die Lichterbögen in den Fenstern,

das unsichtbare Schöne.

Was für eine herrliche Erfindung,

den Weg heller zu machen

und das Ziel die Kerzen.

(Anmerkung: Kerzen waren 1989 in Leipzig stärker als Panzer.)

Aber was sollte man da am Tag machen? Wie sollte man am hellerlichten Tag den rechten Weg finden? Es taten sich immer wieder Probleme auf, die sich den Sommerblumen in den Weg stellten.

Im Sommer könnte der kühlende Schatten großer älterer gestandener Bäume mit ihren ausladenden Zweigen und Ästen den rechten Weg verkünden. Standen sie nicht in großen Baumalleen? Aber auch in Städten gab es sie, wo Bäume ganze Straßenzüge säumten und geradezu einluden, auf ihrem Weg zu gehen. Hatte da nicht mal eine Dichterin in Frankfurt am Main geschrieben, *die Stadt lechzt nach Grün, daß hinter den Fassaden doch Menschen seien.*

GROßSTADT
Die Stadt
lechzt
nach Grün
Balkone hoch oben
Garten vor Haus
Bäume
zwischen Dächern
Grüne Mülltonnen

Grün
Hoffnung des Grüns
auf Grün
daß
hinter den Fassaden
doch
Menschen
Seien

Das waren alles so Gedanken, die beim Aufwachen in der Blumenzwiebel so herumgeisterten. Es war eben nicht so einfach mit dem Licht und dem Weg ins Licht, wenn es so viel Finsternis, so viel Verdunkelung wie in Bombennächten des Krieges auf Erden, gegeben hatte. Woher sollten sie wissen, daß die Bombennächte und Bombentage denn vorbei waren?

Da wurden die Frühlingsblumen auf einmal munter, sie hatten sehr feine Seismographen. Allein das Wort Bombe löste Entsetzen aus. Aber sie merkten recht wohl, daß es jetzt um etwas anderes ging, nämlich um die Ängste der Sommerblumen vor Bombern auf der Erde und ihnen zu helfen, diese Ängste vor Krieg zu besänftigen. Sie wußten, daß es nicht reichen würde zu sagen: *Es wird schon alles gut werden, steig einfach nur auf.* Nein, diese Ängste saßen tief in ihren Körpern, manchmal zitterten sie vor Angst. Sie brauchten noch eine andere Unterstützung. Und da hatten die Frühlingszwiebeln so eine Idee: *Wißt ihr, wir haben sehr feine Antennen und können jede kleine Erschütterung der Erde wahrnehmen, so daß wir ganz genau hervorsagen können, ob eine Gefahr droht bzw. drohen wird. Da können wir euch helfen, so daß ihr keine Angst haben müßt. Ihr seid dann sicher und könnt euch in Ruhe auf den Weg machen, oder noch besser gesagt, in Frieden.*

Die Sommerblumen waren inzwischen ganz wach geworden: *Ja, die Seismographen, von denen ihr sprecht, haben wir auch. Sie schlagen ganz oft an, und sehr oft war es blinder Alarm gewesen, was uns völlig verwirrt gemacht hat. Wir können es mitunter nicht recht unterscheiden und brauchen sehr lange, um feststellen zu können, ob es ein Mensch wirklich gut meint oder nicht. Wir können aber auch in Gesichtern lesen, die uns dann Gewißheit geben. Bloß müssen wir uns dann aber auch trauen, einem Menschen ins Gesicht zu sehen.* Ja, sprachen die Frühlingsblumen, *wir können euch helfen, denn wir nehmen nur wirkliche Erderschütterungen wahr. Also fragt uns oder noch besser, wir werden es euch sofort melden. Wenn von uns keine Meldung kommt, dann war es blinder Alarm und ihr könnt wieder ruhig durchatmen und euren Aufstieg weiter vorbereiten.*

Die Sommerblumen bedankten sich und blickten ein wenig hoffnungsvoller in die Zukunft. Diese Gefahr war erst einmal gebannt. *Wenn es doch nur mit der Kleidung auch noch klappen könnte.*

So langsam wurde es wärmer in der Blumenzwiebel, eine angenehme Wärme, und der Regen sowie das Licht ließen sie wachsen, keimen. *Wie kam nur das Licht in das Dunkel? War es ein Geheimnis, das Geheimnis, das die Menschen das Geheimnis Gottes nannten, wofür es keine einfache Erklärung zu geben schien? Und vielleicht war es ja jene Kraft, die sie aus der Hölle befreit und in das Dunkel der Blumenzwiebel gebracht hatte, um dort in Ruhe auszuruhen, nachzudenken und Erlösung von den Albträumen der Vergangenheit zu finden. Sie hatten ja bereits von der wundersamen Befreiung der Kapitänin gehört, wo eine geheimnisvolle Kraft und deren Engelsboten sie gerettet hatten, sie von dem Bösen gelöst, erlöst hatte.* Sie dachten oft an die Kapitänin, was sie für eine mutige Frau gewesen sein mußte, dennoch all ihre irdischen Kräfte nicht ausgereicht hatten und eine Welle, wie eine unsichtbare Hand, eingegriffen, sie ergriffen hatte, in die Tiefe des Meeres geschleudert, dort aufgefangen und getragen auf ihren Händen an das Land gebracht hatte. Die geheimnisvolle Welle war dann plötzlich verschwunden, so daß die Kapitänin nicht einmal *Danke* hat sagen können. Die Kapitänin hat dann wohl ein Dankeslied nach der Melodie *heart of gold* geschrieben, was Sehende und Hörende und so ganz sicher auch die Welle erreichen würde.

Und auf einmal hörten sie ein Lied, das über vergangene Zeiten einer schlimmen
Ehezeit erzählte.

Ich war ihm
immer schon
ein Dorn im Auge
Schmetterlinge, Blumen
konnte er nicht sehen
war blind
für das Eigentliche, Schöne und Gute
war wie gefangen in seinem patriarchalem Gehabe
in seiner patriarchalen Ideologie
er war und ist es
ein Gefangener seiner Ideologie
Seine Fesseln
sein giftig dorniges Netz
warf er über mich
damit ich ihm nicht entkommen
und seine Gefangene blieb
Nun ist das
giftig-dornige Netz
verschlissen und zerrissen
hat sich plötzlich ganz aufgelöst
das zuvor tief in mein Fleisch eingebrannt
es sind Engel vom Himmel
vom Himmel
gekommen, gekommen
und haben es einfach aufgelöst
Sie bedeckten die Wunden
mit Tüchern und Salben
die heilsam schön und tröstend sind
so langsam konnten die Wunden heilen
langsam, behutsam
von Engelshand, von Engelshand nur
konnte es gelingen
sie brachten die göttlich heilende Energie
und legten sie auf meine Wunden
heilsam, heilsam, heilsam
sie wie von selbst geheilt nun sind
Dann brachten sie mir einfach schöne Kleider
mit Liebe gehäkelte Tücher

kleideten mich an
Ihre Augen waren wie leuchtende Spiegel
ich mich darin sehen kann
Ja, so kann ich auf die Erde gehen, steigen
mich zeigen
muß mich nicht verstecken mehr
die Schönheit des Geistes
im schönen Gewande
sich nun sehen lassen kann.

Als die Sommerblumen das hörten, meinten sie:

Das ist doch auch unser Lied,
so ist es uns doch ergangen, ergangen,
schön, daß es so wundersame Engel doch noch gibt.
Wir konnten es lange Zeit gar nicht mehr glauben,
haben so viel Schlimmes erfahren.
Nun sind liebe Engel gekommen und haben
einer Frau ein Wunder getan.

So fanden die Sommerblumen ihren Glauben an das Gute wieder (wirklich verloren hatten sie ihn allerdings nie), konnten es kaum fassen, daß es so etwas wie Heilung der (seelischen) Wunden wirklich gibt und träumten und träumten von einer Frau, die so wie sie so Schlimmes erfahren hatte.
***Denn das Wunder der Liebe bist du**, das Wunder der Liebe bist du,* hörten sie plötzlich in die Erde rufen. *Waren sie gemeint? Sollte sich das Wunder, das so selten auf Erden auftrat, in so kurzer Zeit wiederholen?*

Und als sie ihre Augen öffneten, trauten sie ihren Augen kaum. Sie hatten prächtige Blumenkleider an, und jetzt könnten sie sich traun, sich traun. Ja, den Aufstieg wagen. Die Frühlingsblumen waren inzwischen fest eingeschlafen, und sie wollten sie nicht aus ihrem erholsamen Schlaf reißen. Daher warteten sie, sangen und probten behutsam und leise das Lied, das sie auf der Erde singen wollten. Wie ging es doch? *Am Himmel fährt ein Wagen, Sternlein, Sternlein hü, die Pferde sind mit Stern beschlagen, Sternlein, Sternlein ho.*
Da war ein Klingen und Singen in der Blumenzwiebel, das nur für Hörende auf der Erde hörbar war. Es waren vor allem Schmetterlinge, Vögel, Bienen, Bäume, Sträucher und ganz wenige Menschen.
Was war das doch für ein schöner Klang, der sich ankündigte. Wie mußten diese Geschöpfe denn aussehen, die so leise und friedlich zur Gitarre sangen. Und es war auf einmal ein eifriges Treiben auf der Erde zu hören, denn es hatte

sich spontan ein Organisationskomitee gebildet, das den Aufsteigenden einen würdigen Empfang bereiten wollte. Ein Flügel war bereits angerollt worden, mitten im Gras, denn Sommerblumen waren bis auf zwei Sonnenblumen noch nicht aufgestiegen.

Vielleicht sind es unsere Brüder und Schwester Sommerblumen, flüsterten die Sonnenblumen sich leise zu, denn es war ja sternenklare Nacht, wo jedes Wort wie zig tausend mal verstärkt durch den Äther sauste. Und nach diesen eifrigen Vorbereitungen trat eine fast unheimliche Stille ein, eine Stille, die viele Menschen gar nicht kennen. So still und geheimnisvoll muß es gewesen sein, als Jesus geboren wurde, auf die Welt, unser alle Erde, gekommen ist - diese Stille, in der wieder alles so eins erschien, die Harmonie unserer Planeten und Sterne wie ein einziger Klang, eine Symphonie, hörbar war.

Da war das Warten, das Erwarten auf ein besonderes Ereignis, diese Vorfreude, unbeschreiblich schön. Die Welt schien auf einmal stehen zu bleiben. Und da plötzlich, ertönte ein Rauschen. Es war wohl ein uralter Lindenbaum vor dem Tore, der weit sehen konnte und schon viele Geschichten gehört und gesehen hatte. *Es dauert nicht mehr lange*, sprach er und wiegte dabei bedächtig mit seiner Krone. Er hatte reiche Erfahrung, hatte mit seinen Wurzeln Verbindung zu den Tiefen der Erde und mit seiner weit ausladenden Krone zu der Höhe des Himmels. *Sie haben sich schon zurecht gemacht, sich schöne Kleider angezogen. Habt noch ein wenig Geduld. Erst wenn der Vollmond im Zenit des Südens steht, ist der richtige Augenblick. Er wird in der Nacht den Blumen den Weg leuchten und sein Lied singen:"Der Mond ist aufgegangen, die goldenen Sternlein prangen, am Himmel hell und klar."*

:Ist denn die Pianistin schon da?
-Nein, sie steigt mit auf und wird sich dann gleich ans Klavier setzen. Ich glaube,
  sie heißt Glockenblume.
:Wir dachten, das machen die Schneeglöckchen?
-Nein, das waren die Pianistinnen im Frühling. Jetzt im Sommer ist es die
  Glockenblume mit ihren Glockenblumenkindern, die bei ihr Klavierunterricht
  haben und schon einfache schöne Melodien spielen.
Der Lindenbaum bat alle, noch etwas Geduld zu haben und einfach nur zu warten, auf das Kommende.

Und so warteten sie dann gemeinsam auf den Aufstieg der Sommerblumen. Plötzlich hörten sie einen Klang. Es war der Klang einer Gitarre, der immer näher und näher kam und auch etwas lauter wurde. Und ganz in der Ferne, aus der Weite des Himmels kam ein weiterer Klang. Es war der Mond, der sang und so ganz allmählich im Osten aufging. Es war nur eine kleine Sichel zu sehen, die größer und größer wurde, bis auf einmal der Mond in seiner vollen Größe und Schönheit zu sehen war. Er sang und sang, stieg auf am Himmel, immer höher und höher, in Richtung Zenit des Südens. Und auch der Klang aus der Erde wurde lauter und immer schöner und kam immer näher.

Der Gesang des Mondes und der Klang der Gitarre aus der Erde harmonierten so gut miteinander, daß die Zuhörenden kaum ihren Ohren zu trauen glaubten. Himmel, Erde, Mond und Sterne waren ein einziger Gesang und Klang, waren Zuschauer und Akteure zugleich, denn die Sterne sangen auch mit, wollten nicht nur Zuschauer in dieser wundervollen sternenklaren Sommernacht mit Vollmondlicht sein. So strahlten die Sterne aus voller Kraft. Und als der Mond den Zenit des Südens erreichte, tat sich direkt darunter die Erde auf, und die ersten Sommerblumen erschienen. Sie hatten festliche farbige Kleider an, wie man es sich schöner kaum vorstellen kann. Es war wie ein einziger Traum. Und sie stimmten sofort in das Lied ein, ein Chor der Befreiten, die sich in diesem Lied ausdrücken konnten, und das Lied erschall durch den ganzen Kosmos. Jede Pflanze, jedes Tier und jeder Mensch konnte es hören. Es war das Lied der Befreiten und hieß: *Gemeinsam den Himmel auf Erden leben.* Wer wünschte sich das eigentlich nicht? Der Lindenbaum lächelte in seiner Weisheit bedächtig:
-*Na, habe ich euch zuviel versprochen?*
:*Wir dachten, das gibt es nur in Märchen.*
-*Bösewichter gibt es ja auch nicht nur im Märchen, nicht wahr,* entgegnete der Lindenbaum.

Der weise Baum hatte es mal wieder erfaßt. Er wußte ja, daß die Märchen in etwas verkleideter Form Geschichten erzählten, die sich einmal zugetragen hatten und sich immer wieder ereigneten, wenn auch etwas anders, aber in ihrem Wesen ähnlich. So brauchte der Baum nicht lange zu sprechen und zu überzeugen, daß es kein Traum war, sondern der Traum Wirklichkeit geworden war.

Und alle, die auf der Erde zu der Zeit weilten, waren Zeugen dieser wundersamen Sommernacht, in der sich die Sommerblumen zum Licht emporwuchsen und das Licht der Welt erblickten.

Und so stiegen sie dann jede Nacht auf. Jede Nacht war gleich und doch anders, denn jeden Tag war der Himmel anders, und der Mond nahm allmählich ab. Auch der Sternenaufgang änderte sich jeden Tag um ein paar Minuten. So, wie die Sterne früher aufgingen, gingen sie umso später unter. Bei der Sonne war es genau umgekehrt. Je später sie aufging, desto früher ging sie unter. Kurz gesagt, die Tage wurden kürzer und die Nächte länger. Dies kündigte mit Gewißheit an, daß der Sommer dieses Jahres nicht ewig dauern würde und er sich mit jedem Tag seinem diesjährigem Ende ein Stück näherte. Der Zenit des Sommers war schon seit einigen Wochen vorbei. Nur der Mond hielt sich nicht an die Sternen/Sonnenaufgeh-und Untergangszeiten. Er drehte sich um sich selbst drehend eben nur um die Erde und mit der Erde um die Sonne, wie auch die anderen Planeten sich ebenfalls mit ihren drehenden Monden um die Sonne bewegten und dieses Sonnensystem sich um eine weitere Struktur drehte. So war alles geordnet, das Chaos, hatte seine Ordnung in seiner räumlichen und zeitlichen Dimension, in dieser universellen Ordnung - HARMONIA MACROKOSMICA.

Und so gab es auch diese Ordnung im Inneren des Menschen, unabhängig von der Zeit und dem Raum, dem Zeitgeist, dem räumlichen Geist, unabhängig von gesellschaftlichen Systemen.
Die Natur des Kosmos, die Natur des Menschen - sie waren ein einziger Klang. Da die Menschen nun mal auf der Erde lebten, war ihr Rhythmus vor allem mit der Erde im Einklang bzw. in Resonanz, der Herzschlag des Menschen in der Frequenz der Erde und die Hirnströme im flow in dieser Frequenz, in der optimales Arbeiten und Kreativität möglich sind. Denn dazu war er ja schließlich geboren, der schöpferische Mensch, kreativ zu sein. Nach diesem kleinen Ausflug in die Sternenkunde nun wieder zu unseren Blumen in der Blumenzwiebel.

Die Sommerblumen staunten, hatten schon viel gesehen, verstanden und getanzt und gesungen, hatten die Sterne gesehen und den Mond, was sie immer wieder in Erstaunen versetzte. Ja, das konnten sie - staunen, erstaunen, staunen, immer wieder staunen. Aber sie wußten nun, daß der Sommer vorbeigehen würde und sich im August schon der Herbst ankündigte. Das Heu wurde schon eingefahren, und riesige Heuballen kullerten auf den Feldern. Sie wußten auch, daß sie dem Rhythmus der Zeiten folgend wie die Frühlingsblumen wieder in die Zwiebel zurückkehren würden, um sich auszuruhen, sich zu regenerieren, zu träumen und zu beten, um im nächsten Jahr wieder aufsteigen zu können. Ihre schönen Kleider würden dann gut aufbewahrt sein, Löcher gestopft, Risse geflickt und erneuert. Auch eine Wäsche mit Regenwasser, die die Farben wieder auffrischen und vom Staub befreien würden, würden sie erhalten. Das alles wußten sie, aber......sie hatten die Sonne noch nicht gesehen, sie noch nicht persönlich kennengelernt. Sie hatten nur eine Ahnung von ihr, denn sie sahen die

Morgenröte jeden Tag, bevor sie wieder in die Zwiebel stiegen. Und sie wollten nicht warten auf das nächste Jahr. Nein, das wollten sie nicht. Sie wollten dies in diesem Sommer erleben, unbedingt. So wurde die Sehnsucht nach der Sonne immer stärker. Aber sie wußten sich keinen Rat. Bis jetzt war es nur ein Traum geblieben. Ob sie die Frühlingsblumen wecken sollten? Sie wollten sie aber auch nicht in ihrem Schönheitsschlaf stören. Wen konnten sie denn noch fragen? Vielleicht den Mond, denn er kannte bestimmt die Frühlingsblumen, wie sie aufgestiegen waren, am hellerlichten Tage. Und hatten sie nicht mal gehört, daß der Mond nicht nur in der Nacht scheint, sondern auch manchmal am Tag am Himmel zu sehen ist? Daß sie daran nicht früher gedacht hatten. In der nächsten Nacht wollten sie ihn fragen, und so warteten sie dann sehnsüchtig auf ihn. *Guter Mond, du gehst so stille,* sangen sie

Und es dauerte und dauerte, denn in jener Nacht ging er sehr spät auf, konnte seine Bahn ja nicht einfach verlassen, nur weil die Sommerblumen auf ihn warteten. Dann kam er endlich, war kaum zu sehen, denn es war Neumond. Und die Sommerblumen waren auch geduldiger geworden, kannten sie doch inzwischen seine unabänderlichen Gesetze. Der Mond konnte sich schon beinahe denken, was die Sommerblumen von ihm wollten, lächelte sie freundlich an und begann von den Frühlingsblumen zu erzählen, wie schwer der erste Tagesausflug der Frühlingsblumen gewesen war. Er erzählte, *daß es ohne die Regenwolken nicht gehen würde, da die Sonne sehr stark und mächtig sei, im Sommer sogar noch mehr als im Frühling. Daher sollten sie sich erst einmal einen Regentag aussuchen und darauf hoffen, daß die Wolkendecke am Himmel aufreißen und die Sonne sich dann zeigen würde. Sie sollten sich auch nicht erschrecken, denn es käme dann ein Regenbogen, wie ein Tor, das sich öffnen würde, unter dem die Frühlingsblumen getanzt und gesungen hätten.*
Küsse unterm Regenbogen, die bringen Glück, dann bist du nie mehr allein, ohooho........Und so allmählich könnten es dann immer weniger Wolken werden, bis den ganzen hellerlichten Tag die Sonne zu sehen sei und da auch ein schattiges Plätzchen in der Nähe eines Strauches oder Baumes in der großen Mittagshitze Sinn machen würde. Die Sommerblumen waren ganz Ohr, und dann ging der Mond auch schon unter. Wie sollten sie es machen? Erst einmal absteigen, und dann? Dann einen Tag und eine Nacht durchschlafen, die Kleider noch einmal durchsehen? Und so geschah es dann auch. Sie hörten das Plätschern des Regens in der Erde und wußten, - es regnet - , die Zeit ist gekommen, um sich auf den Weg zu machen. *Regenschirme, Regencapes und Regenmützen müssen wir mitnehmen.* Als sie den Regenschirm aufspannten, nahm die Auffahrt nach oben plötzlich an Geschwindigkeit zu, und ehe sie sich versahen, war es Licht. Sie waren oben auf der Erde. Sie standen unter ihren Regenschirmen und hörten die Regentropfen darauf prasseln. Es war ein gleichmäßiger schöner Regentropfenklang. Alles war so frisch, so grün und

leuchtete, obwohl die Sonne gar nicht zu sehen war. Und nun sangen sie: *Liebe, liebe Sonne, komm ein bißchen runter, laß den Regen oben, dann wollen wir dich loben, auf einmal geht der Himmel auf, kommt die liebe Sonne raus.*
Aber es regnete weiter und weiter, und die Blumen stillten ihren Durst, und die Wolken wollten regnen und schienen, nicht aufhören zu wollen. Da wurden die Sommerblumen plötzlich sehr traurig. *Wir haben uns sooo viel Mühe gegeben, so schön gesungen, und sie scheint immer noch nicht.* Und da hörten sie den unendlichen Wind sprechen: *Habt Geduld, liebe Sommerblumen. Eure Töne sind angekommen. Besser konntet ihr es nicht machen. Aber Regen muß auch sein. Wenn sie heute nicht kommt, dann kommt sie vielleicht morgen, oder übermorgen oder überübermorgen. Aber sie wird kommen, sie wird kommen -* klang es wie ein Echo, Echo, Echo. Und die Stimme des unendlichen Windes verstummte. *Hatte der Mond nicht gesagt?* Er hatte nicht gesagt, wann der Tag sein wird, da hatte er sich nicht festgelegt, hatte also nichts Falsches versprochen. Es war wohl wieder mal eher ihre Ungeduld gewesen, die sie so mißmutig gemacht hatte. So kehrte wieder Ruhe in den Sommerblumenchor ein. Und sie sangen weiter, *sie wird schon kommen, sie wird schon kommen.* Sie brauchten auch gar nicht mehr zu warten, denn sie konnten jetzt die Regentropfenprelude von Chopin hören, die die Glockenblume auf dem Flügel unter ausgebreitetem riesigen gelben Sonnenschirm spielte. Dazu wiegten sie ihre Köpfe unter den Regentropfen der Schirme und den Tönen des Klaviers, waren ganz Ohr, hingegeben an die Musik der Natur. Und nachdem sie genug getrunken, gehört und gesättigt waren, begaben sie sich wieder auf den Weg in die Blumenzwiebel, um sich von den Ereignissen des Tages auszuruhen und zu träumen. Sie hörten den unendlichen Wind über Wiesen und Felder rauschen und den warmen Klang seiner Stimme und seiner Verheißung. Es klang so glaubwürdig, so unendlich glaubwürdig, daß sie sich keine großen Gedanken um den nächsten Aufstieg machten.

Als die Sommerblumen am frühen Morgen erwachten, war es heller und wärmer, wie sie es schon einmal gespürt hatten, als an Aufstieg noch gar nicht zu denken war. *Würde es heute klappen mit der Sonne? Und wenn es zu regnen aufgehört hatte, würden sie nicht geblendet werden, von den Strahlen der Sonne?* So hatten sie wieder Angst, Angst vor der Sonne und ihren Strahlen. Länger wollten sie aber auch nicht warten. Die Zeit drängte, und der Tiefschlaf der Herbstblumen schien auch schon vorbei zu sein. *Hören wir auf den unendlichen Wind, vertrauen wir seiner Verheißung, wagen wir Vertrauen.* Und so machten sie sich ganz in der Frühe, als die Sonnenstrahlkraft noch nicht so stark war, auf den Weg. Sonnenbrillen hatten sie sich vorsichtshalber eingepackt.

Und als sie ankamen, war die Sonne gerade aufgegangen, schien flach am Horizont durch Bäume und Sträucher, über Wiesen und Felder. Vögel zwitscherten ihr Lied: *Trarira, der Sommer der ist da...* Auch die Sonnenblumen nickten mit ihren Köpfen, waren der Sonne zugewandt, um sie zu begrüßen.

So machten es die Sommerblumen dann auch und dachten: *Das ist sie also, unser aller Sonne, die viel Gepriesene, Besungene und Ersehnte, diese so herrlich schön rot-gelb leuchtende Kugel, die immer scheint und um die sich in unserem Sonnensystem alles dreht und doch zugleich Teil eines noch Größeren, dem, unserem Kosmos ist. Die Sonne, endlich.* Und die Sommerblumen atmeten erst einmal tief durch, um das Schöne, das sie jetzt sahen, verkraften zu können. Es war so unbeschreiblich schön, so schön, daß sie es gar nicht so recht fassen konnten. Das zu erleben, nach so langer Finsternis.
Guten Morgen, Sonne, sagten sie, *sei gegrüßt, danke, daß du strahlst für uns, danke, daß du scheinst für uns, danke, daß du da bist, daß es dich gibt.*

ODE AN DAS LEBEN
Sonne
mit unendlicher Geduld
scheinst Du
Tag und Nacht, und
wartest ---
bis die Schattenseite der Erde
ihr Gesicht wieder zu Dir dreht
mal länger und mal kürzer

lächelst Du jeden Morgen
mit Deinen Farben den Tag ein
und lächelst ihn aus
am Abend
mit einem freundlichen Rot, und
Schlaf recht gut.

   War das eine Begrüßung. Die Sonne strahlte vor Freude zurück, nahm den Dank dankbar an und dankte zurück. So ging das Danken hin und her, her und hin und schien kein Ende nehmen zu wollen, ein beinahe unendliches Schenken von Geben und Nehmen, ein Schwingen und Klingen. Die Sonne schien immer strahlender und stärker zu scheinen, als sie am Horizont weiter aufstieg und nur ein paar kleine Federwolken am Himmel zu sehen waren. So verbrachten die Sommerblumen einen schönen ersten Tag bei strahlendem Sonnenschein auf der Erde. Die Verheißung des unendlichen Windes war eingetreten, hatte sich bewahrheitet.

   Und die Sonnenblumen hatten sie herzlich begrüßt, sie willkommen geheißen. *Willkommen, seid willkommen, seid herzlich willkommen,* riefen sie ihnen zu und streckten ihnen ihre Sonnenblumenhände entgegen. Da erinnerten sich die Sommerblumen an einen Spruch von Camus, den sie mal vor langer Zeit an der Sprechstundentür einer Ärztin für Radiologie auf einem Poster gelesen hatten. Mittendrin war ein Kornblumenstrauß gemalt, mit Mohnblumen, Korn und Kornblumen.
Woher du auch kommen magst, tritt ein und sei willkommen. So stand es geschrieben.

Woher du auch kommen magst,

tritt ein und sei willkommen (Camus)

So erinnerten sich die Sommerblumen immer mehr, daß sie ja schon einmal auf der Erde gewesen waren und Erfahrungen gesammelt hatten. Und es waren schlimme Erfahrungen gewesen, man könnte auch sagen: *Es war die Hölle auf Erden gewesen*, aber das war nun vorbei, und sie mochten es sich auch gar nicht mehr vorstellen, den Krieg gegen die Natur von Lebewesen.

Alles was sie sich ersehnten, war Frieden, ein friedvolles Miteinander, einen konstruktiven Meinungsstreit, einen liebevollen Umgang mit ihren Nächsten, die Sprache der Blumen, die Sprache des Himmels. ***Sprache, die für dich spricht,*** schrieb einmal Victor Klemperer in seiner LTI (Lingua tertii imperii). Und da gab es noch ein Poster, das die Ärztin kreiert hatte, mit einem selbst gemalten Löwenzahnbild ***"Brot und Liebe, nicht Brot und Spiele"***. Diesen Vers hatte sie mal Friedrich Schorlemmer geschenkt, der ihn dann sogar später auch zitierte. *Oh, Gott,* hatte sie das mit Stolz erfüllt. Er war ja mit einer der Geister, die für Gewalt-Freiheit auf den Straßen Leipzigs 1989 in der DDR gesorgt hatten, dieses Wunder mit möglich gemacht hatte, ein Wunder biblischen Ausmaßes, wie es Christian Führer, Pfarrer der Nicolaikirche in Leipzig, in seiner Autobiografie so bezeichnend beschrieb. Und die Sommerblumen selbst? Hatten sie sich nicht für Pluralität im Kommunalparlament eingesetzt und es somit ermöglicht, daß der frühere Bürgermeister abgewählt werden konnte und eine Partei (Ost-CDU) in diesem Kommunalparlament ihre absolute Macht verlor? Und der IM aus der Nachbarschaft, der 1994 als Bürgermeister kandidieren wollte? Waren es nicht die Sommerblumen gewesen, die dafür gesorgt hatten, daß dies verhindert worden war? Er hatte das Vertrauen von Menschen in schäbigster Weise zum eigenen Vorteil mißbraucht.

So einer, der so etwas gemacht hat, kann doch in einer Zeit, wo Weichen gestellt werden, nicht Bürgermeister werden, wo es gerade um Vertrauen geht. Das war die Argumentation der Sommerblumen, die dann den Wahlrat überzeugt hatten. Es war eben nicht alles Hölle auf Erden gewesen, sondern, es gab auch Menschen, die sich kraft gewissenhafter Argumente überzeugen ließen. Da war z.B. eine damals 70 Jahre alte Frau im Wahlrat, eine frühere Lehrerin, die sich zu DDR-Zeiten geweigert hatte, Schüler begeisternd für den Wehrdienst in der NVA anzuwerben. Sie hatte aus der Geschichte gelernt, ihr Vater war zur NS-Zeit bei der SS gewesen, was ihr sehr zu schaffen gemacht hatte. Und so, wie die Sommerblumen dieser Frau hohen Respekt zollten, so zollte diese Frau den Sommerblumen allerhöchsten Respekt für ihre Courage und ihre gelebte Gewissensfreiheit. Die Sommerblumen dachten damals auch: *Im Namen der Opfer tue ich das.*

Was den Sommerblumen aber damals nicht (so) bewußt war - daß sie selbst Opfer schwersten Vertrauensmißbrauchs gewesen waren. Sie spürten zwar, daß etwas ganz Wesentliches beziehungsmäßig nicht stimmte, konnten es aber nicht so benennen und in seiner Absolutheit sehen. Jetzt konnten sie es sehen, es erkennen, benennen und die Mißbraucher zum Teufel schicken, denn da gehörten sie wirklich hin. Sie waren von mephistolem Ungeist besessen, wie man es sich kaum schlimmer vorstellen kann.

Jetzt waren die Sommerblumen hier, auf der Erde, endlich angekommen und vom Geist des unendlichen Windes begrüßt worden.

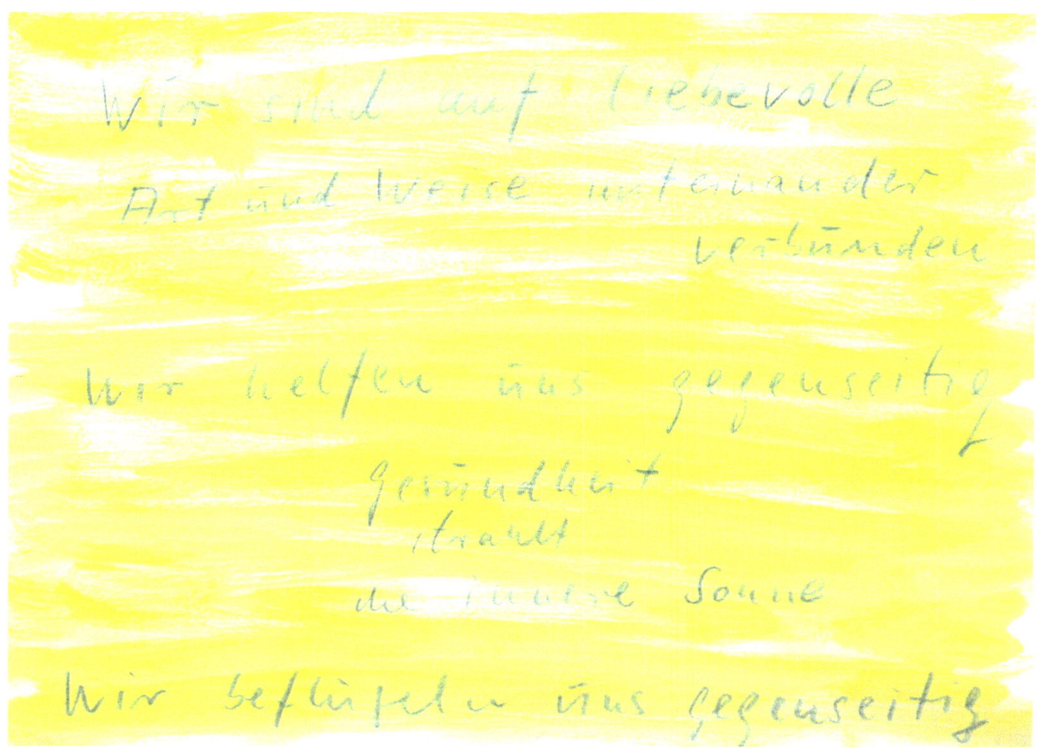

   Das ließ sie tief durchatmen. Sie fühlten sich frei. Der ganze Tag, der erste Tag am hellerlichten Tag, war ein einziges Staunen, Entdecken und Erinnern gewesen. Die schlimmen Erinnerungen konnten ihnen nichts mehr anhaben. Sie waren Geschichte, im wahrsten Sinne des Wortes - Geschichte, die mit **"es war einmal"** begann.

Jetzt trugen sie schöne Kleider, Röcke, Blusen, Tücher und Hüte, die sie zum Teil selbst gefertigt hatten, zumal ihre autodidaktischen Fähigkeiten sich in der Hölle stark entwickelt hatten, denn so richtig erklärt und beigebracht hatte ihnen in der Hölle kaum jemand etwas. Dafür fehlte den Mephistolen das pädagogische Geschick und Gespür. Jetzt konnten sich die Sommerblumen sogar am Tage zeigen, in schönen Gewändern. Aber wie jeder Tag einmal zu Ende geht, ging auch dieser schöne Tag vorbei. Er ging langsam zur Neige, denn die Sonne bewegte sich schon weit in Richtung Westen, so daß sich die Sommerblumen so langsam auf den Rückweg begeben wollten, um ihre verdiente heilsame Ruhe nach diesem aufregenden Tag zu schlafen. Da meldeten sich die Sonnenblumen zu Wort und fragten: *Warum, warum, wieso, wieso denn? Bleibt doch hier oben zur Nacht. Mond und Sterne bewachen euch, bewachen uns. Ihr kennt sie doch schon. Ja,* fiel den Sommerblumen ein. Mond und Sterne waren gute Bekannte, oder besser gesagt, gute Freunde geworden, denen man trauen und vertrauen konnte und von denen sie beim allerersten Aufstieg in der Nacht aufs Herzlichste empfangen worden waren, wie es in Worten kaum auszudrücken ist, aber in der Poesie der Sternenmenschen.

Wir sind dabei gewesen, riefen die Sonnenblumen, *haben die wundersame Nacht eurer Wiedergeburt miterlebt. Wir waren so ergriffen davon und sind es auch heute noch, werden es immer sein.* So überlegten die Sommerblumen nicht lange, stimmten zu und blieben zur Nacht.

Dann ertönte ein Nachtlied in einem glockenklaren Gesang. *Kindlein mein, schlaf doch ein, weil die Sternlein kommen. Und der Mond kommt auch schon wieder angeschwommen. Eia Wieglein, Wieglein mein, schlaf doch Kindlein, schlaf doch ein.* So schliefen dann die Blumen nach einem schönen anstrengenden und aufregenden Tag, schaukelnd in dem Wiegenliede, so nach und nach ein. Ab und zu war noch ein Flüstern zu hören. Und wenn der Mond ihre Gesichter beschien, konnte man ein friedliches Lächeln darauf erkennen. So ruhte dann ein tiefer Frieden auf allen Blumen und Lebewesen, und Mond und Sterne schauten zu. *Gute Nacht und habt schöne Träume,* war am Himmel zu lesen. Was sie wohl geträumt haben mögen? Das möchten wir jedoch lieber der Phantasie der Leser und Zuhörer überlassen.

Manchmal war jedoch ein leises Lied zu hören, das sie im Traume so summten. *Die Blümelein, sie schlafen schon längst im Mondenschein, sie nicken mit den Köpfchen auf ihren Stängelein. Es rüttelt sie der Blütenbaum, er säuselt wie im Traum. Schlafe, schlafe, schlafe du, mein Kindelein.*

Nun war er da, der Sommer, er blühte in vollen Farben. Die Sommerblumen tanzten, sangen und sprangen in den Tönen des unendlichen Windes. Die Sonne lachte, und die weißen Federwolken winkten vom Himmel, waren vom Meer gekommen und zogen aufs Land. Und jeden Tag kam die Sonne ein wenig später, jeden Tag war ihr Stand ein Stück tiefer, und die Schatten des Tages wurden länger, die Sonne ging jeden Tag etwas früher unter, und das tat der Erde gut, konnte sie sich doch allmählich immer etwas mehr von der Hitze des Tages ausruhen, die oft eine Mittagspause notwendig machte, eine Siesta sozusagen.

Auch die Sonnenblumen schwenkten ihre Köpfe in Richtung Sonne. Einige blieben nach Osten gerichtet, machten den Sonnengang nicht mit, und es war nicht zu erkennen, warum sie es taten. Meistens waren sie etwas kleiner und bekamen so vielleicht mehr Licht. Und einige ragten ganz hoch heraus, nicht wie der Hochwald, den Reiner Kunze so vortrefflich beschrieb und eine Parallele zur stalinistischen kollektivistischen Gleichmacherei der DDR offenbarte, jegliche Individualität argwöhnisch beäugt wurde und Schlimmes geschehen konnte.

DER HOCHWALD ERZIEHT SEINE BÄUME

Der hochwald erzieht seine bäume

sie des lichtes entwöhnend, zwingt er sie,
all ihr grün in die kronen zu schicken
Die fähigkeit
mit allen zweigen zu atmen
das talent,
äste zu haben nur so aus freude,
verkümmern

Den regen siebt er, vorbeugend
der leidenschaft des durstes

Er läßt die bäume größer werden
wipfel an wipfel
Keiner sieht mehr als der andere,
dem wind sagen alle das gleiche

Reiner Kunze

32

Es waren freie Blumen, freie Sonnenblumen, die einfach so blühten, in denen die Bienen nur so summten und auch die Vögel Nahrung für den Winter finden würden. Sie genossen die Natur, hatten tiefe Wurzeln geschlagen und wiegten sich tanzend im Wind. Und doch wußten sie, daß der Herbst nahte, daß sie in absehbarer Zeit verblühen würden. Es gab untrügliche Zeichen, die den Herbst ankündigten. Das Rot der Äpfel sprach schon in der Sprache des Herbstes: *Mich gibt es auch, ohne mich keine Ernte und Farben des Herbstes.*

Und wie sich der Wandel so allmählich vollzieht, ebenso wie die Jahreszeiten und der Sternenhimmel und auf einmal doch da ist, der Herbst. Er war auf einmal da und war doch so allmählich gekommen, bis er wahrgenommen wurde, der Herbst, er klopfte an: *Hallo, hier bin ich.*

> *Die Sommer-, Sommerblumen*
> *so blühen sie dahin*
> *und wiegen sich im Winde*
> *her und hin.*
> *Jede Blume ist anders*
> *auf ihre Weise schön*
> *und tanzen doch gemeinsam*
> *den Sommer-Sommer-Tanz.*
> *Sie wiegen sich im Winde*
> *immer wieder*
> *hin und her*
> *als ob der Tanz des Sommers*
> *nie zu Ende wär.*
> *So langsam und bedächtig*
> *ruhen sie sich aus*
> *machen eine Pause*
> *in ihrem Lebenslauf.*

Die letzten Augusttage waren angebrochen, und der September stand unmittelbar vor der Tür. Auf dem Festland kündigten sich die ersten Herbststürme an, vermischt mit heißen Sommergewittern. Was war das für ein Sommer gewesen und war es ja auch immer noch, der Sommer anno 2022.
Was für ein Frühling, wo in finsterer Nacht die Sonne mit ihren Strahlen bis in die Tiefe der Wurzeln des Apfelbäumchens reichte, es erstrahlten, so daß das Apfelbäumchen auferstehen und sich in seiner ganzen Pracht mit unzähligen weiß-rosa Blüten zeigen konnte. Ein wahres Blütenkleid, Bienen und Schmetterlinge sich in seinen Blüten wiegten, summten und brummten, zu einem wahrhaft singenden und klingenden Bäumchen wurde, zu einem schönen Apfelbaum wuchs.

Auch die Vögel hatten dem Apfelbaum gerne einen Besuch abgestattet. Viele von ihnen bereiteten sich schon auf den Abflug in den Süden vor. So klangen ihre Abschiedslieder etwas wehmütig, aber auch freudig, denn sie wußten ja, daß sie im kommenden Jahr wiederkommen würden und dann ein Frühlingskonzert geben würden – a*lle Vögel sind schon da.*

Und so war der Übergang vom Sommer in den Herbst voller gemischter Gefühle. Man könnte auch sagen, die vielen Farben des Herbstes drückten es aus, denn auch die ersehnte Ruhe, die dann im Winterschlaf kommen würde, war so wichtig, um dann im Frühjahr erneuert, erfrischt und voller freudiger Erwartung wiederzukommen. Während die Sommerblumen ihren Ausklang schienen, traten immer mehr rötlich-gold-farbig leuchtende Blumen des Herbstes aus dem Boden. Noch waren ihre Blüten geschlossen oder noch Knospen. Aber es würde nicht mehr lange dauern, dann würden sie auf der Erde tanzen und singen. Früher hatten sie ja mal gedacht, der Herbst sei nicht so wichtig und hatten sich weggeduckt oder sogar versteckt. Sie dachten damals, daß die Menschen die stürmischen Winde des Herbstes und die kühler und kürzer werdenden Tage, an denen Menschen immer mehr zur Besinnung kommen konnten, nicht mochten. Besinnliche Tage und lange Abende mit Gedichten, Musik, Geschichten. Ja, sicher gab es Menschen, die den Herbst nicht mochten, aber es waren nicht die Menschen, sondern bestimmte Menschen, die meistens nicht so den rechten Sinn für schöngeistige Dinge hatten. Aber gab es nicht auch im Sommer Menschen, die Blumen abpflückten, sie achtlos wegwarfen, vielleicht noch darauf traten und sie sogar zertraten? Gab es nicht solche Menschen zu allen Jahreszeiten und Zeiten? Vor solchen Menschen mußte man sich schützen. Und es war so wichtig für die Blumen aller Jahreszeiten und Zeiten, daß sie gute Gärtner hatten, die für sie sorgten und gut auf sie aufpaßten. So bauten gute Gärtner lebendige Zäune, die alles Gute hereinlassen und alles Böse abwehren konnten. Es war eine Sprechanlage am Zaun, wo ein Schlüsselsatz eingegeben werden mußte, der in den Herzen von Menschen eingeschrieben war: **Wenn du ein Freund bist, dann tritt ein.** Und nur, wer mit dem Herzen denken und lesen konnte, konnte das Rätsel des Schlüsselsatzes entziffern und so Eintritt erhalten.

Die letzten Sommerurlaubstage waren gekommen. Die Sommergäste packten ihre Koffer und verließen wie die Zugvögel den Norden und seine Meere. Ihre Spur führte in den Süden, die sich dann immer mehr verzweigte und die Sommerurlauber in den verschiedensten Winkeln, Dörfern und Städten ihres Landes ankamen. Sie hatten einen schönen Urlaub mit den Sommerblumen gehabt und waren dankbar für die Schönheit der Natur. Hiergebliebene wie die Möwen kreisten ihren Flug am Wolken behangenen Himmel und kreischten. *Wir bleiben hier, lassen uns von Herbst und Winter nicht vertreiben, haben genug Wärme und Sonne getankt, daß wir kältere Jahreszeiten gut überstehen können, müssen nicht in ferne Länder fliegen und diesen langen Flug wagen,* denn so mancher Vogel hatte Hin- und Rückflug nicht überlebt. Da gab es so manches Hindernis zu überwinden, das moderne Menschen ihnen in den Weg gestellt hatten, wie gigantisch große Windräder, die zu einem ganzen Park aufgestellt worden waren. Da mußten sie drüber oder daran vorbei, wenn sie die Nord-Süd-Achse nahmen. Schwierig war es für die älteren Vögel, die jahrelang instinktiv diese Route geflogen waren, und nun sollten sie in ihrem hohen Alter ihre Flugbahn ändern. Da mußte des öfteren der Ältestenrat tagen und auch Vögel aus dem Jüngstenrat einladen, denn mit der neuen Technik kannten sie sich nicht so aus.

Holländer-Windmühlen – ja, das waren Zeiten gewesen. Da waren sie jung gewesen, flügge geworden und auf Brautschau gegangen und hatten schließlich die passende Vogelbraut gefunden. Gesungen hatten sie dann: *Die Vögel wollten Hochzeit halten....*
Was waren das für Feste gewesen. Wie hatten sie da ihre Flugkünste zur Schau gestellt, damit die Braut auch den Richtigen finden konnte. Das war ein Gezwitscher gewesen, wovon sie heute noch träumten. Manchmal war es ihnen, als wäre es erst gestern gewesen und manchmal, als wäre es schon tausend Jahre her.
Wozu die Menschen überhaupt elektrischen Strom brauchten mit ihren langen Leitungen? Sie, die Vögel, benutzten doch einfach ihre Flügel und kamen über

die Meere. War der Mensch etwa ein Auslaufmodell, da er selbst nicht fliegen konnte? Derartige Gedanken kamen und gingen. Die Stromleitungen, auf denen man so schön als Vogel sitzen konnte, waren aber doch recht angenehm, konnte man doch weit ins Land schauen, über Dächer, Wälder, Wiesen und Felder.

Nun war der September da, und es war immer noch so warm wie im Sommer. Es war trocken und heiß, und so mancher Fluß hatte so einen niedrigen Wasserpegel, daß große Schiffe nicht mehr darauf fahren konnten. Mitunter waren Seen so weit ausgetrocknet, daß untergegangene Gebäude auf einmal sichtbar wurden, oder Wracks, oder sogar Bomben. Was da so alles zutage kam, nach so vielen Jahren. 77 Jahre war der 2. Weltkrieg her, und trotzdem fielen wieder Bomben, die die Erde erschüttern ließen. Hatte die Menschheit nicht aus den Katastrophen der Menschheitsgeschichte gelernt? Wozu gab es dann die Geschichten oder den Geschichtsunterricht in den Schulen? Wieso hatte die Demokratie in der Antike etwa nur ein Jahrhundert gehalten und wurde Alexander der Große denn später so bewundert? Immer ging es um Vormachtstellung, Bereicherung, Herrschsucht oder Herrscherwahn. Vormachtstellung von Athen gegenüber anderen Stadtstaaten hatte die Demokratie ins Wanken gebracht. Sokrates hatte doch über die Tugend der Gerechtigkeit gesprochen, daß wir nicht nur wissen wollen, was Gerechtigkeit ist, sondern es auch sind, genauso wie wir nicht nur wissen wollen, was Gesundheit ist, sondern auch gesund sein wollen, gesund sind. Und dann wurde Sokrates auch noch umgebracht, ihm unterstellt, er hätte die Jugend verdorben, als Lehrer. Dabei war er gar kein Lehrer gewesen, sondern es wurden nur durch logisches Denken im sokratischen Dialog, der ja mehr fragen und antworten gewesen war, klare Antworten gefunden. Dabei wurden dann Menschen zum Mitdenken, zum logischen Denken angeregt. Es mußten allerdings die richtigen Fragen gestellt werden. Und wo keine (richtigen) Fragen, da auch keine (richtigen) Antworten. Die Sommerblumen hatten ja auch in der Höllenzeit gesagt (gefragt), ob sich die Herrscher der Hölle denn einmal überlegt hätten, daß, wenn sie Blumen eingehen ließen, sie dann keine Blumen mehr hätten? Da hätten die Herrscher der Hölle verblüfft geguckt, denn auf die Idee waren sie noch gar nicht gekommen, obwohl auch studierte Mathematiker zu den Herrschern gehörten.

Und was war denn mit den Herbstblumen los? Sie ließen sich Zeit, standen schon in Knospe, wußten aber, daß jetzt erst einmal Regen kommen würde, und verregnet werden wollten sie auch nicht. Die Erde dürstete jedoch nach Regen, die Gärten, die Wiesen, die Felder und die Wälder.

Und dann kam er, an einem Septembertag. *Der Tag, an dem der Regen kam*, sang einst Gilbert Becaud, allerdings in Französisch. Das war ein Tag, nach so langem Warten. Endlich kam der Regen. Und er kam mit großem Brausen, Sturm und Wind, klopfte an die Scheiben. Es wurde am Tage dunkel, so daß sogar das Licht angeschaltet werden mußte und bei 11 Grad das erste Mal wieder die Heizung angedreht wurde. Grau sah der Himmel, mit Wolken verhangen, aus. Auch das mußte sein. Die Erde wollte ihren Durst nach Regen stillen, nach diesem heißen Sommer. Und der Herbst, er wollte wahr genommen werden. Wenn er da so einfach fröhlich daherkäme und kaum zu unterscheiden vom Spätsommer, wer hätte ihn dann so richtig wahr und ernst genommen? Vielleicht noch nicht mal bemerkt? So mancher hätte vielleicht gedacht, er könnte gar ausfallen. Nun ja, der Himmel war grau, aber die Herbstblumen dachten nicht im geringsten daran, ihr Gelb, Orange und Dunkelrot zu strahlen. Wenn die Menschen darauf Lust hätten, solten sie sie doch bunte Sachen anziehen, gelbe Regenstiefel oder einen leuchtenden Regenschirm aufspannen. Wozu hatte denn Gott ihnen die Kreativität gegeben. Sie hatten doch die Fähigkeit, dies selbst herzustellen, während die Herbstblumen nur ihre Herbstkleider hatten und auf diese achten mußten. Und wenn es genug geregnet hatte, dann konnten auch die Herbstblumen erblühen. Aber sie ließen sich Zeit, rollten sich ein und träumten. Da war keine Angst wie bei den Sommerblumen. Die Herbstblumen freuten sich schon und wußten ganz genau, daß ihre Zeit bald kommen würde, die Zeit reif sei, eine Metapher, die auch gut zu der Erntezeit im Herbst paßte. Und es war auch eine Neugier zu spüren. Wer von den Herbstblumen würde auf dem Piano spielen, und was würde es für ein Musikstück geben?

Aber große Gedanken darüber machten sich die Herbstblumen nicht. Auch würde die Sonne tiefer stehen und nicht mehr so lange scheinen, so daß Sonnenbrillen nicht mehr so wichtig waren. Es würde schon gut gehen. So konnten sie in Ruhe träumen, eine Tasse Tee trinken, während die Regentropfen nur so an die Fensterscheiben prasselten. War das schön, so in Sicherheit zu sein, keine Angst vor großen grauen Regenwolken mit ihren heftigen Schauern haben zu müssen. So konnten sie sich sogar in Ruhe auf ihr Erscheinen vorbereiten, Gedichte und Lieder träumen, was eine ihrer Lieblingsbeschäftigungen war. Und eines Tages würden sie ihre Träume leben. Und sie dachten an das Trommellied: *Hörst du die Trommeln dieser Erde, hörst du die Trommeln im Abendwind, hörst du die Trommeln unserer Herzen, die voller Leben sind. Wir sind so frei, wir sind so frei, so stark unsere Träume sind, wir sind so frei, wir sind so frei, wie unsere Träume sind.*

HERBST

Und pötzlich kam der Herbst
und wiegte seine Bäume.
Morsche Äste brachen,
Zweige
schüttelten sich
im Wind,
ließen
erstes Herbstlaub
in kreisendem Auf und Ab
auf die Erde nieder.

Jedes Blatt
eine Geschichte,
ein wahres Lebenswunder,
voller Hoffen und Bangen,
sonniger glücklicher Tage
und kühlender Schatten,
voller Stürme,
Donner, Wolken, Regen, Blitz.

Eine Geschichte,
eine Lebensgeschichte
von Gebären und Reifen,
vom Altern und Sterben.

Auch, wenn die Herbstblumen jetzt so sicher und ruhig sich auf ihr Kommen vorbereiten konnten, hatte es auch andere Zeiten gegeben, wo sie den grauen Regenwolken schutzlos ausgeliefert waren, jetzt aber konnten sie selbst für ihre Sicherheit sorgen, sich schützen. Da konnten andere reden und schwärmen, sollten sie doch reden, sie wußten am besten selbst, was für sie gut und richtig ist, konnten ihrer inneren Stimme und ihrer Intuition trauen und glauben. Und sie dachten an Dante Alighieri. Hatte er nicht sinngemäß gesagt? *Was kümmert dich, was da geflüstert wird, komm, geh deinen Weg und laß die anderen reden.*

So machten sie es jetzt, sie waren gereift, hatten aus schlimmen Erfahrungen gelernt und ihre Konsequenzen gezogen. Sie waren so gutgläubig gewesen und konnten früher gar nicht so recht glauben, daß es so schlimme Raubtiere in Menschengestalt geben könnte. Jetzt wußten sie es und konnten sich in acht nehmen. Damals wurden sie jedoch schutzlos im Regen stehen gelassen, und noch schlimmer, ihre Kleider, Regencapes und Regenschirme wurden ihnen weg genommen, und die Kleiderschränke der habgierigen Räuber füllten und füllten sich, zum Bersten. Da war kein Erbarmen, da war kein Mitgefühl, wie man es von menschlichen Menschen erwarten könnte, sie waren eben Raubtiere, die eigentlich in einen Käfig eingesperrt gehörten.

Die Herbstblumen zitterten damals vor Kälte, ihre Zähne klapperten und ihr Bauch schmerzte, alles zog sich zusammen, verkrampfte buchstäblich und sie bekamen Antikörper gegen Kälte oder besser gesagt gegen Herzenskälte. Die Raubtiere dachten sich, daß das niemand überleben konnte und die Herbstblumen schon angekrochen kommen, um ein warmes Plätzchen und warme Kleidung betteln würden und sie dann ihnen völlig ausgeliefert seien. Die (Be)Rechnung ging aber nicht auf. Die Herbstblumen überlebten, hatten sich notdürftig mit alten Kleidern beholfen und wurden wie Aschenputtel angesehen. Dann hatten die Herbstblumen sich selbst Kleidung genäht und gestrickt, Regenschirme und Regencapes besorgt, denn Not machte sie erfinderisch. Alles war sehr schön und ganz individuell für die Herbstblumen kreiert und auch nicht zu kaufen. Nun konnten sie ruhig und gelassen auf die Sonne warten, wußten ganz genau, wann es soweit sein würde. Brummende und summende Insekten würden sie dann gewiß wecken. Da waren sie sich ganz sicher.

Und am nächsten Morgen war Nebel. Keine Sonne war zu sehen, kein Sonnenstrahl drang zu den Herbstblumen vor, und irgendwo ertönte eine Alarmglocke. *Was soll denn das*, dachten die Herbstblumen. Nebel gehört doch zum Herbst dazu. Als ob Nebel eine Gefahr wäre. Er kann zwar die Sinne vernebeln, aber wir Herbstblumen lassen uns davon in keinerlei Weise stören, schreiben weiter unsere Geschichten, Gedichte und Lieder und philosophieren, und wenn dann die Sonne kommt, dann zeigen wir unsere schönen Kleider, Kissen und Stricksachen. Auch lesen wir dann unsere Gedichte und Geschichten vor und machen Musik. Aber wir wissen immer noch nicht, wer sich ans Piano setzen wird. Wie heißt sie nur? Dies blieb immer noch ein Rätsel. So langsam lichtete sich der Himmel. Die Gitarre stand bereit, das Piano hatte seine Flügel ausgebreitet, das Akkordeon hatte seinen Kasten verlassen, und der Notenständer hatte sich mit Noten behängt. Die Fensterflügel der Wandelhalle im Park waren weit geöffnet. Es waren Engel, die am Werke waren, die Zugang zu den Flügeln hatten und in verschiedener Weise auf der Welt wirkten. Fensterflügel, Türflügel, Pianoflügel und die Flügel der Friedenstauben, der Vögel, der Schmetterlinge und der Bienen. Schmetterlinge und Bienen hatten ihr gutes Werk vor allem im Frühjahr und Sommer verrichtet. Vögel gingen auf ihre Winterreise. Die Friedenstauben blieben jedoch. Unermüdlich schwenkten sie ihre Flügel und zeigten sich am Himmel. Und eine Taube rief:

Ich bin nicht unterzukriegen, ich lasse mich nicht vertreiben, und ich habe mich für den Winter ausgerüstet, mit besonders warmen Federn und einem schönen weißen Kleid, passend zu Schnee und Frost, die mir nichts anhaben können, denn sie gehören zum Winter, der sehr schön ist, wenn Frieden ist. Ab und zu werde ich mein Friedenslied singen.

Freisein wie die Taube,
die weit ihre Flügel schwingt,
hoch in den Lüften schwebt
und steigt und sinkt,
getragen vom Wind,
das ist der Sinn.
Maybe, das Leben könnt' sehr schön sein,
mach was draus,
mach die Augen auf und sieh,
mach die Ohren auf
und höre es,
es könnte sein,
wenn wir es wollen.

Glücklich wie ein Kind sein,
das träumt vom Erwachsensein
und seine Träume lebt,
und nicht nur träumt,
die Liebe lebt,
das ist der Sinn.
Maybe......

Freisein wie die Taube.....…………..
……………………………………………

In den Katalogen wurden schon billige Advents-und Weihnachtswaren angepriesen. Das paßte den Herbstblumen gar nicht, und beinahe wären sie vorzeitig aufgeblüht, um hier ein Wörtchen mitzureden, denn sie hatten Angst, übergangen zu werden, so daß der Herbst ausfallen könnte. Aber wer kümmerte sich denn schon um diese frühen Billigangebote im frühen Herbst. Sie wirkten geradezu grotesk. Advent soll ja die Vorfreude auf das Weihnachtsfest, die Geburt, sein. So hatte der Advent seine Zeit und die Herbstblumen auch. Die vorzeitigen Adventswaren fristeten ein mühseliges Dasein dahin, denn keiner wollte sie eigentlich jetzt schon haben, aber später, zu fairen und auch mal günstigeren Preisen, schon.

Und nun war sie gekommen, die Sonne, der Nebel hatte sich gelichtet, wie es die Herbstblumen vorausgesagt hatten. Strahlend blauer Himmel und ein paar große und mächtige grau-weiße Wolken, die nicht für die Wüsten bestimmt waren, sondern für das Land als Landregen, damit daraus keine Wüsten entstehen konnten. Menschen eilten auf die Balkone, setzten sich in die Sonne, ließen sich von den wärmenden Sonnenstrahlen der Vormittagssonne verwöhnen, genossen die Wärme, ließen sich durchströmen und erwärmen. Wie schön sie war, die Herbstzeitsonne.

Und da ließen auch die Herbstblumen nicht lange auf sich warten, blinzelten kurz, machten die Augen auf und riefen.: *Hi, Sonne, schön, daß du da bist, schön, daß du uns erwärmst, unseren Herzen Nahrung gibst mit deiner Wärme, deinen Strahlen. Wir lieben dich, Sonne.* Die Sonne freute sich darüber und schien gleich noch etwas schöner zu scheinen. Aber das war dann wahrscheinlich doch nur Schein, Einbildung. Und dann eilten die Menschen wieder in die Küche, um das Mittagsmahl zuzubereiten.

Ganze Landstriche waren mit Silberdisteln und Herbstzeitlosen bedeckt, wie ein Blumenmeer, eine silber-hellviolett-rosa Farbkomposition. Und es war gut, daß die Silberdisteln zackige Spitzen hatten und so davor geschützt waren, abgepflückt oder herausgerissen zu werden. Die Herbstzeitlosen standen ohnehin unter Naturschutz, aber es gab auch Menschen, die Naturgesetze brachen und wider die Natur lebten. Und da gab es achtsame Gärtner, die aufpaßten, daß das nicht geschah. Gott sei Dank. So konnten die Herbstblumen aufatmen, atmen, die frische Herbstluft ein-und ausatmen. War das eine Freude, war das ein Blühen. Sie wollten erst einmal nur genießen, da sein, einfach nur da sein und sich von den Sonnenstrahlen wärmen und streicheln lassen. Wärme, Wärme, Herzenswärme, die bis an die Kerne reichte, heilsame Wärme. Es kamen auch

einige Blumen, die schimpften und fluchten über Gesetzesbrecher und hatten dabei Tränen in den Augen. Engel kamen, nahmen sie in ihre Arme, streichelten ihre Köpfe, sagten nichts oder nur wenige Worte, waren einfach nur da. *Ihr seid schön und gut, von Herzen schön und gut,* sagten die Engel zu ihnen, und so konnten sich die Blumen beruhigen, fühlten sich getröstet, gesehen und geliebt, atmeten tief durch und sagten *danke.* Nun konnten auch sie aufatmen, durchatmen und den Atem des Lebens spüren, voll genießen und so richtig leben, richtig da sein, aufblühen und blühen.
Lebensfreude erschall es überall, nah und fern. Das große Orchester der Natur sang seine Symphonie mit all seinen Instrumenten und Instrumentalisten. Und wer saß am Piano?

Es waren zwei Pianistinnen, die vierhändig spielten. Die Glockenblume des Sommers war extra noch einmal gekommen und hatte den Herbstblumen die Hände gereicht. *Schön, daß du da bist, Glockenblume, extra noch einmal gekommen bist, schön, daß ihr da seid, Herbstblumen.*
Und sie konnten es wirklich, miteinander singen und spielen, Verantwortung fürs Ganze tragen und nicht nur für sich. Dies überstieg alles. Daß zwei Blumen aus zwei unterschiedlichen Jahreszeiten sich begegneten und gemeinsam musizierten. Die Welt horchte auf. Über den Pianistinnen schwebte eine weiße Taube, die ihre Flügel weit ausgebreitet hatte und FRIEDEN sang. Die Schwingung des Friedens, ein einziger Klang, der Dreiklang des Lebens, der Dreiklang des Atems, der Atmosphäre. Und wie hieß das Lied?

Schwestern, reicht mir eure Hände, daß ich den Himmel, den Himmel auf Erden
gemeinsam leben kann
Gemeinsam den Himmel, den Himmel auf Erden
die Hölle auf Erden überwinden kann
gemeinsam den Himmel, den Himmel
auf Erden finden kann.
Brüder reicht mir eure Hände zum geschwisterlichen Band,
daß ich den Himmel, den Himmel fühlen kann.

Schwestern reicht mir eure Hände, daß ich den Himmel, den Himmel auf Erden
gemeinsamen leben kann
gemeinsam den Himmel, den Himmel auf Erden
sehen, fühlen, spüren kann
gemeinsam den Himmel auf Erden leben
ist aller, allergrößtes Glück
nicht erst im Himmel
hier auf Erden, den Himmel, den Himmel lieben, leben.

Und als sie da so am Klavier saßen, spielten und sangen, wunderten sich alle, wer denn wohl die andere Blume war. Sie kannten sie nicht und kam ihnen doch irgendwie bekannt vor. Was hatte sie für einen Namen? Wie hieß sie bloß? Alle rätselten, aber sie blieb ein Rätsel. Jemand meinte, sie soll wohl von einem anderen Stern sein, daher von der Wissenschaft nicht erfaßt und nicht katalogisiert worden sein. Sie sei einfach nicht entdeckt worden, und die meisten Wissenschaftler, die ohnehin nur Brotgelehrte seien, könnten sie ohnehin nicht sehen und entdecken. Sie passe nicht in ihr Schema, würden nichts auf Zufälle geben. Es gab auch andere wie z.B. Konrad Röntgen, der zufällig die Röntgenstrahlen entdeckte oder Marie Curie, die zufällig radioaktive Gase entdeckte, da sie das Fenster offen gelassen hatte. Das Medium Agar-Agar, wo Bakterien gezüchtet wurden, war der Einfall einer Hausfrau, die es zum Eindicken beim Kochen benutzt hatte. So etwas könnte akkuraten Schriftgelehrten natürlich nicht passieren. Sie glauben nur an das, was sie im Mikroskop sehen und nicht an das unsichtbare Schöne, das den Dingen innewohnt.

Und dann war eine kleine Pause eingetreten. Die beiden Pianistinnen verneigten sich vor ihrem Publikum. Hand in Hand standen sie da. *Hand in hand together, we shall overcome*, applaudierte das begeisterte Publikum. Dann sprach die unbekannte Blume: *Ich komme wirklich von einem anderen Stern, habe eine Weile bei den Indianern gelebt, und sie nannten mich Blume vom anderen Stern, und den Namen finde ich sehr schön. Einen anderen möchte ich nicht haben. Indianer verstehen etwas von Natur, haben weise Männer und weise Frauen, die sehen können, daß das Eigentliche unendlich weit über das Irdische Dasein hinausreicht. So konnten sie mich auch sehen, willkommen heißen, mir den passenden Namen geben. Ich bin dafür, daß wir ein Orchester gründen, und jede Blume sucht sich ein Instrument, das zu ihr paßt. Am nächsten sonnigen Herbsttag sehen wir uns wieder, mitten im Park, wenn die Springbrunnen sprudeln. Jetzt muß ich aber erst einmal gehen, um einzukaufen,* und die Blume vom anderen Stern ging fort.

Ein neuer Herbsttag war angebrochen. Es war früh am Morgen, der Himmel grau verhangen, keine einzelnen Wolken zu sehen, nur eine Masse vom Grau einer Wolkendecke. Kein Sonnenstrahl kam hindurch. Auf dem Balkon blühte die Heide dunkelleuchtendrot und streckte sich in den Himmel, zu einem "Guten Morgen". Die Kirchglocken läuteten gerade 8 Uhr, Samstag. Und auf dem Küchensofa konnte man es sich gemütlich machen, einen Kaffee aus blauer Tontasse mit kleinen rosa Rosen trinken. Bestickte kleine und große Kissen waren zu sehen. Auf dem Sofa saß eine Käthe-Kruse-Puppe, die zu Weihnachten 66 Jahre alt werden wird. Ob sie vielleicht ein gehäkeltes oder gestricktes neues Kleid bekommen wird, so ähnlich, wie es ihre damals etwa 10 Jahre alte

Puppenmutti ihr mal gehäkelt hatte? Und Pittiplatsch und Schnatterinchen plauderten gemütlich auf der Sofalehne.

Da erinnerten sich die Herbstblumen, als früher einmal eine Herbstblume an einem grauen, sehr grauen regnerischem Herbsttag mit ihrem etwa vier Jahre alten Sohn spazieren ging, sie sich warm angezogen hatten, einfach raus gingen, um in der Nähe ihrer Wohnung einen kleinen Berg hinaufzugehen. Es war ein schmaler Weg, eher ein Pfad, und es war rutschig. Vom Boden leuchteten gelb nasse Blätter, die meistens von Ahornbäumen stammten. Sie leuchteten geradezu in das Grau am Himmel. Ihnen schien jedenfalls das Grau des Himmels nichts auszumachen und daß sie vom Baum gefallen waren, auf der nassen Erde lagen und dort ihre letzte Ruhestätte finden würden.

Sie hatten ein reiches schönes Leben gehabt, hatten geatmet, gesäuselt und geraschelt, gemeinsam mit anderen Blättern ihres großen und weisen Ahornbaumes. Sie alle hatten dazugehört, zu diesem einzigen Baum. Er stand solitär, war weit in der Landschaft zu sehen, wie ein Wegweiser. Menschen hatten Freude an ihm gehabt und in der großen Hitze ein schattiges Plätzchen unter seinem Blätterdach gefunden, konnten rasten, essen und trinken und seinen kühlenden Schatten dankbar annehmen. Alle Zweige und Äste konnte dieser Baum ausstrecken und die Blätter sich an ihm entfalten. Das war ihr reiches, einmaliges Leben, ihre Bestimmung, Blätter zu sein. Es war eine Lebensgeschichte, die auf jedem Blatt geschrieben stand, wie das Gesicht eines Menschen, aus dem man lesen konnte und es mehr zu sagen schien, als es Worte sagen konnten, Gesichtsausdruck genannt. Und es gab nur wenige Menschen, die diese Geschichte lesen wollten, sich dafür interessierten. Aber Kinder hoben die Blätter auf, sammelten sie oder raschelten mit ihren Füßen hindurch. Und dagegen die Menschen, die im Laub nur eine Last sahen, es ja aufheben müßten, zusammenfegen müßten und es zum Komposthaufen bringen müßten. Wie konnte die Lust nur zur Last werden?

Die Herbstblumen erinnerten sich. Als sie klein waren, hatte ihnen alls Spaß gemacht, bloß manches durften sie nur selten oder gar nicht tun oder war sogar verboten. So wischten sie gerne die Treppe, hängten gerne Wäsche auf, wuschen und trockneten gerne das Geschirr ab, machten die Kuchenbleche gerne sauber und kratzten die Töpfe und Schüsseln aus, naschten die Reste. Nur Backen und Kochen durften sie nicht, die Nähmaschine war verboten, und sie hatten das Gefühl, daß sie mit ihrer Anwesenheit störten. Das war aber schon lange her und nur eine unangenehme Erinnerung.

Die Herbstblumen dachten wieder an die Blume, die mit ihrem Sohn im Herbstgrau unterwegs war. Sie waren ein ganzes Stück bergauf gegangen, immer leicht bergauf und waren an ein lichte Ebene gelangt, wo auf einmal der Wind heftig blies, ihnen bunte Blätter buchstäblich um die Ohren wirbelte. Der Wind hatte viele gelb leuchtende Blätter aufgewirbelt, die wie ein Schwarm von

Bienen oder Schmetterlingen um das Kind zu tanzen schienen. Da breitete der Junge seine kleinen Arme weit aus, drehte sich mit den Blättern im Wind, als ob er selbst ein Blatt oder ein Schmetterling sei und rief: ***Das ist der schönste Tag meines Lebens.*** Wer hätte das am frühen Morgen gedacht, daß dieser graue Tag der schönste Tag seines Lebens werden würde.

Der Herbst
Hier bin ich, hier bin ich, der Herbst mit seinen Stürmen
komme mit Regen und mit starkem Wind,
blas die Blätter von den Bäumen, die nun Geschichte sind.
Die Herbstzeit deines Lebens, sie ist nun da
bringt ein die Früchte, die reifen Früchte deines Lebens,
Äpfel, Birnen, Pflaumen in geflochtenen Körben
grün, gelb, blau und rot, saftig süß schön anzusehen
und auch mal sauer, auch das gehört dazu.
Sauer macht lustig, das liegt wohl an der Gärung
C_2H_5OH
Die tanzenden Drachen in der Himmelssonne
im klaren Himmelsblau, sie tanzen so ihr Lied.
Der Herbst, er ist gekommen, bringt Stürme, Regen und Wind,
pustet weg die grauen Wolken, lacht in bunten Farben.
Nun bin ich da, bringe reiche Ernte ein.
Und die grauen Wolken sind ja auch nur Wolken,
bewässern nur das Land, wischen ab den Staub
von Blättern und von Scheiben, damit in klarer Sonne
die Tropfen funkeln wie Perlen, strahlen alles aus.
Heiterkeit und Frohsinn, nun ist er endlich da
der Herbst eines reichen Lebens, wie wunderbar, wunderbar.
Flammkuchen, Pflaumenmuß, Cider und Nelken mit Birnenkompott
schmecken, genießen die Ernte, köstlich süß und bunt
die Farben des Herbstes sehen.
Was macht das bißchen Grau und früh am Morgen der Nebel
die Sonne löst ihn schon auf.
Der Herbst, der Herbst des Lebens, was ist das für eine schöne Zeit
Hingabe ganz dem Leben, leidenschaftlich ganz Mensch zu sein
bringt reiche Ernte ein.
Lieder, Geschichten, Gedichte, Bilder, ein herbstliches Tajine-Gericht.
Die Früchte, die Früchte des Lebens, ich genieße sie in vollen Zügen
lehne mich zufrieden zurück,
die Fülle, die Fülle des Lebens, welch großes Geschenk, welch Glück.
Und die Tiere und Vögel putzen ihre Kleider

holen aus dem Schrank ihr Winterkleid, für kältere Tage, die nun nahen.
Und die Regenschirme, die bunten, weit spannen sie ihre Flügel auf,
wollen endlich auch mal richtig da sein, Regenschirme mit Flügeln sein.

Lieber Herbst, sei willkommen
nun bist du endlich da,
zeig dich in deinen Farben,
wie prächtig stehst du da,
zeigst die vielfältigen Farben des Lebens
wie keine andere Zeit,
läßt uns mit deinen Träumen
überwintern
kalte, dunkle Zeit.

Und die Eichhörnchen
lagern Nüsse ein.

Sonniger Herbsttag im Oktober.
Die Blätter hatten gerade angefangen, sich zu verfärben, und die Herbstblumen blühten in voller Pracht. Der Himmel war blau, die Sonne schien. Nichts deutete darauf hin, daß Schnee kommen könnte, keine Wolke am Himmel. Alles blau. Und trotzdem kam Schnee, der die zarten Blüten der Herbstblumen erstarren ließ. Sie sahen noch schön aus, die Blüten mit Schnee bedeckt, aber sie froren entsetzlich, zogen sich ganz in sich zusammen, und es schmerzte. Da, wo früher Freude war, war jetzt Schmerz. Sie weinten bitterlich. Doch auf einmal erinnerten sie sich aus ihrem Blumengedächtnis heraus, daß die Frühlingsblumen, die jetzt fest schliefen, aus ihren Träumen laut über Schnee auf Kirschblüten vor langer Zeit gesprochen hatten, wo viele Blütenträume erstarben und die Kirschernte dann weitgehend ausfiel. Ja, da fühlten sich die Herbstblumen verstanden. Es war damals ein totaler Überraschungsangriff gewesen. Dabei hatte der Frost so freundlich gelächelt und die Hände aufgehalten, gerichtet in den Himmel, sich als Freund ausgegeben. Aber sie konnten ihn dann Gott sei Dank nach einiger Zeit abschütteln. Und als die Herbstblumen jetzt wieder schnell auftauten, war der Frost weg, hatte sich verzogen, denn er war von der Sonne verjagt worden. Seine Zeit war noch nicht gekommen. Erst sollte der Herbst erst einmal richtig strahlen, zu voller Blüte gelangen und verblühen. Dann, aber erst dann, sollte der Frost willkommen geheißen werden.
Nun war der Herbst in seiner vollen Blüte zu sehen. Er strahlte geradezu, sich zeigen zu können. Auch die Lindenbaumallee zeigte sich in ihren schönsten

gold-gelben Farben. Früh war es beim Aufwachen dunkel und nicht mehr lange, dann würde die Sommerzeit auf Winterzeit umgestellt werden, wo insbesondere Berufstätige, eine Stunde länger schlafen konnten. Zumindest gab es keinen Jetlag wie bei der Umstellung im Frühjahr. Eigentlich war es ja schon beschlossen worden in der Europäischen Union, daß dieses Hin und Her aufhören sollte, aber es gab keine Einigung, zu unterschiedlich waren die Bedürfnisse zwischen Ländern, die mehr im Osten und mehr im Westen lagen. Aber es gab ja immer Gründe, sich nicht zu einigen. Die Türkei hatte sich dagegen für die ganzjährige Sommerzeit entschieden. In der Sowjetunion gab es dagegen zu stalinistischer Zeit nur eine Zeit, die angeordnet wurde, obwohl es zwischen Wladiwostok im Osten und Kaliningrad im Westen mehrere Zeitzonen gab. Die Menschen hatten nun mal zu funktionieren, damit sie regiert werden konnten. Biorhythmus war ein Fremdwort gewesen.

Die Herbstbäume strahlten jedenfalls, ob es regnete, neblig oder strahlend blauer Himmel war. Sie luden geradezu ein, gemalt zu werden, auch einmal mit einem Aquarellbuntstift, denn das kannten sie noch nicht. Und sie wußten ja auch, daß es ihre ganz besondere Hoch-Zeit war, wo Gedichte und Geschichten geschrieben und vorgelesen wurden.

ERWARTUNG DES ADVENTS
Wenn die Tage kürzer werden
Sonnengold
Kastanienlaub erleuchten läßt
Wind
die Blätter von den Ästen weht
Dunkelheit Ruhe einläutet
Zeit zu Besinnlichkeit
lange Winterabende ankündigt
Musizieren im Kerzenschein
Gedichte lesend
im vertrauten Kreise
weit weg vom Rummel der Zeit
Eintauchen in Menschlichkeit
umgeben von lieben Freunden
dann werden wir
die grenzenlose Liebe spüren
Verbindung zu allem
was war
was ist
was sein wird.

Und es fand sich dann auch ein kleinblättriger Ahornbaum inmitten eines großen Tales, das vom Osterbach durchflossen war, wo eine Bank stand, so daß der Baum hier in Ruhe betrachtet und gemalt werden konnte. Auf den Straßen waren nun ganze gelb-goldene Blätterbeete entstanden, die den Kindern und Erwachsenen, die ihre Kindheit nicht vergessen hatten, besonders Spaß machten, mit den Schuhen durchzurascheln und ihre Lebendigkeit und Natürlichkeit zu spüren. Man konnte auch Burgen oder Betten daraus bauen. Ja, die Natur hatte es schon herrlich eingerichtet, daß die Erde eingebettet wird mit einem Laubbett, daß sie im Winter nicht friert. Und die Weide, die weit über die Häuser gewachsen war und sie überragte, hatte schon ganz oben ihre Blätter abgeschüttelt, so daß die nun sichtbaren Äste sich zur Gitarrenmusik und Gesang im Winde im gleichen Rhythmus bewegten. Es waren zwei Seiten, eine rechte und eine linke Seite, die spiegelverkehrt im gleichen Rhythmus schwangen. Und da kamen zwei Tauben angeflogen und setzten sich zur gleichen Zeit hoch oben auf die Weidenbaumäste, eine rechts, die andere links und wippten im gleichen Rhythmus. Und auf einmal schwangen sie sich auf und flogen gemeinsam in die gleiche Richtung fort.

Der Sommer des Herbstes
So, wie in jeder Jahreszeit
ein Frühling, Sommer, Herbst
und Winter sind,
ist es auch im Herbst
er kündigt sich an
kommt, blüht
geht und sagt ADE
um dem Winter die
Hand zu reichen
der wie ein Frühling kommt
der erste Schnee
der erste Frost
die Bäume klar gezeichnet
jeder Zweig, jeder Ast
schön in seiner Gestalt
und Aufrichtigkeit
den Winterschlaf schlafend
blüht er seinen Winter
um wieder zu gehen
der Winter sich verabschiedet
ADE sagen kann
und die Vögel es singen
der Winter des Winters
ein neuer Frühling.

Und nun war einer der letzten Oktobertage angebrochen, und es war Sommer. 27 Grad sollten es werden. Wo lebten wir denn? Wir sind doch nicht am Mittelmeer. Die Sonne strahlte schon früh, und auf dem Balkon waren die gelbbraunen kleinblütigen Crysanthemen aufgebrochen und blühten mit vielen kleinen Korbblüten. Auch die Knollenbegonie, die sich im Sommer und Frühherbst eher bescheiden zurückgehalten hatte, zeigte mehrere leuchtend hellgelbe Blüten. Der Aprikosenbaum hatte dagegen schon alle Blätter abgeworfen. Er hatte dieses Jahr Ruhepause, hatte keine Früchte getragen, wollte in einen größeren Topf umgepflanzt werden. Das sollte noch im Herbst geschehen. Heute sollte ein neues Tajinerezept mit Rosenkohl und Tomaten ausprobiert werden, und ein vegetarisches Tajinerezeptbuch war heute noch gekauft worden, was schon vor einiger Zeit bestellt worden war. Vodafon machte ein so günstiges Angebot, wo monatlich 13 Euro gespart wurden, und die teuren Gesichtspflegemittel kosteten heute auch 10% weniger. Das nenne ich einen Glückstag. Wie würde wohl der November werden?

Nach dem Glückstag kam dann ein sonniger Herbsttag, wo das Aprikosenbäumchen seinen neuen Topf bekommen sollte. Der mußte aber noch gekauft werden, und die Hausordnung mußte noch gemacht werden. Die Sonne schien so einen herrlichen sommerlichen Herbsttag, aber ein Mittagsschlaf war nötig, so daß es dann mit dem Einkauf etwas später wurde und das Gartencenter schon fünfzehn Minuten zuvor um 14 Uhr geschlossen hatte.
Die Sonne schien ja so herrlich, daß sich ein kleiner Ausflug an die Weser lohnte, um dort ein Eis zu essen und einen Espresso zu trinken. Es waren am Nachbartisch draußen am Fährhaus auch Gespräche von zwei Paaren mitanzuhören, die zum Teil sehr lustig waren. Dann kamen die Corona - Highlights zur Sprache, denn alle Vier hatten schon gleich anfangs nach dem Skilaufen in Österreich Corona gehabt, so daß man denken konnte, etwas Tolles verpaßt zu haben. Es klang jedenfalls so. So ähnlich hatten sich in der Kindheit so manches Mal Geschichten aus dem Krieg angehört. Es klang so, als ob es ein Feuerwerk gewesen sei, wo man sich dann auf die Erde schmiß, um in Deckung zu gehen und das einen Riesenspaß machte. So einen Eindruck hatten wahrscheinlich auch Lehrer erweckt, wenn sie von Krieg und Heldengeist (Kurt Tucholsky) sprachen. Großväter, die beide in Verdun gewesen waren, hatten jedenfalls nicht so gesprochen. Einer erzählte, daß seine Eltern schon die Todesnachricht erhalten hatten, ein Sanitäter ihn dann doch gefunden und gerettet hatte und seitdem Sanitäter für ihn Idole sind. Da er später Gärtner in einem Pflanzenzüchtungsinstitut war, machte er auch Aufzeichnungen über seine Beobachtungen dort. Diese ganzen Aufzeichnungen hatte dann sein Sohn verbrannt, nachdem dieser Großvater gestorben war. So konnten den späteren Generationen diese Botschaften und Erkenntnisse aus seinem Leben und dem 1.

Weltkrieg nicht weitergegeben werden. Er hatte aber in seinem Leben immer wieder von Frieden gesprochen und darauf hingewiesen, daß es nie wieder Krieg geben dürfe und er Humanist sei. Und trotzdem schlug er seine Frau, die ihn nicht verlassen konnte, weil sie ökonomisch nicht selbständig war. Erst nach seinem Tod hatte sie Frieden, knapp drei Jahre, bevor sie dann selbst im 85. Lebensjahr starb.

Nun war Winterzeit verordnet worden, und früh war es dann wieder heller. Alle Herbstblumen hatten sich versammelt und sagten gemeinsam. *Wir mögen uns alle, wir sind gemeinsam so stark. Wir sind vereint im Frieden, leben die Lebens-und Wachstumsspirale der Kooperation, der gegenseitigen Inspiration, überflügeln uns mit unseren schwingenden Flügeln gegenseitig, um uns zu einem gemeinsamen lebendigen **Flügelstammbaum** zu entfalten, der aus den Wurzeln der Liebe kommt, mit Liebe lebt, sich aus Liebe verzweigt und in den unendlichen ewigen Himmel reicht.*
Und auf einmal waren sie alle da, die Frühlingsblumen, die Sommerblumen, die Herbstblumen und auch schon mal kurz die neugierig gewordenen Winterblumen, eine einzige Blumenfamilie, von der man nur träumen kann. Und er war so stark, dieser Traum.

Der Oktober war so warm gewesen, manchmal so warm wie im Sommer oder sogar wärmer als ein verregneter Sommer, wo der Siebenschläfer mal zeigen wollte, was er kann. Die Herbstbäume zeigten sich noch einmal in voller Pracht, bevor der Wind ihre Blätter abschüttelte, verlassene Nester in den Bäumen sichtbar wurden und Ast für Ast in seiner Verzweigung sich zeigte. So ähnlich sahen die Verzweigungen der Gefäße oder auch andere Strukturen im Menschen auch aus. Es waren Bäume, die keinen botanischen Namen trugen. Mathematisch ließ sich das sogar in Formeln bringen, die Wachstumsformel, ein universelles mathematisches Gesetz. Was war aber dagegen die ganze Sicht auf die Bäume, die keiner mathematischen Berechnungen bedurften, denn sie lebten und verzweigten sich auch ohne Formelwissen. Und wie viele Zusammenhänge wissen wir überhaupt nicht in ihrer Komplexität und sind intuitiv zu erfassen bzw. zu erahnen. Überhaupt waren die Herbstblumen für eine lebendige Schule, genauso wie für ein lebendiges Krankenhaus. Und das konnte nur verwirklicht werden, wenn die Kindheitsträume nicht vergessen wurden. Ernst Abbe war so ein Mensch. Darum war er so fähig und hat mit Carl Zeiss das Unternehmen zu Weltniveau geführt, dabei noch ein betriebseigenes Renten-und Sozialsystem sowie Reihenhaussiedlungen für die Arbeitenden und deren Familien aufgebaut. Am schönsten war es jedoch im Zeiss-Planetarium, der Blick in die Sternenwelt.

Dabei den Himmel in sich sehen und vielleicht den Himmel anderer Lebewesen, die Herzensgüte. *Gott hat uns die Freiheit zur Güte gegeben*, sagte wohl einmal Eugen Drewermann. Es ist eine Entscheidung, die jeder Mensch selbst entscheiden und verantworten muß, widerstandsfähig macht gegen jegliche ideologische Verführung.

Der November war da, der Herbst blühte. Die Metereologen sagten einen kalten Dezember voraus, der aus dem Osten komme. Das paßte zu diesem heißen eisigen Krieg, wo Menschen frieren mußten, vielleicht sogar erfroren, die Gewaltspirale sich immer mehr aufheizte. Dieser häßlichen destruktiven Gewaltspirale sollte man die Friedensspirale gegenüberstellen, wo Menschen sich gegenseitig inspirieren, miteinander kooperieren und sich aneinander erfreuen können. Die Gärtnerin nennt das mal Schöpfergeist. Da kommen dann richtig gute Dinge bei heraus, wie es eine Ärztin einmal mit einem Physiker und einem Diplomingenieur in einer Strahlenklinik erlebt hatte. Der Mensch ist zur Kooperation geboren, und das macht dann auch so richtig Freude. Das ist dann eine lebendige Wachstumsspirale und keine teuflische Wachstumsideologie. Gärtnerin und Ärztin sagten und sagen es immer und immer wieder, bis es auch der Taubste versteht: *Nur über sich selbst hinaus wird der Mensch er selbst* (Alfred Delp), *wird wirklich glücklich und kann scheinbar unmögliche Dinge möglich machen, die wahrsten Wunder bewirken.* Eben die wahrsten Naturwunder. Und wer es nicht glaubt, hat nichts Wesentliches verstanden.

Ein neuer Herbsttag war angebrochen. Zum ersten Mal war es nachts so richtig frostig geworden, und am frühen Morgen waren mit Raureif bedeckte weiße Dächer zu sehen, die im Laufe des Tages tauten. Ja, die Nacht war kalt gewesen, und die Herbstblumen froren entsetzlich. Die Palme war noch abends, als es Schneeregen schneite, schnell in den Keller gebracht worden. Was war nur geschehen? War da wieder eine graue düstere Wolke am Himmel erschienen?
Ja, aber es war Gott sei Dank nur eine gewesen, und der Schneeregen war dürftig geblieben. Es war die Wolke des Unverständnisses. Die Blumen hatten sich von einem Betrachter nicht gesehen und verstanden gefühlt. Und nun waren sie enttäuscht und weinten bitterlich, zumal sie den Betrachter bereits kannten und er sie schon oft angesehen hatte. Die Herbstblumen begannen langsam aufzutauen, und die Wolke regnete sich irgendwo ab, so daß die Sonne wieder schien. Sie trauten sich aber noch nicht die Augen aufzumachen. Vielleicht waren ja noch mehrere Wolken gekommen und dann würden sie verregnet werden, wie sie es früher schon einmal befürchtet hatten und deshalb so lange mit ihrer Entfaltung gezögert hatten. Nicht gesehen werden, übersehen werden, ist die schlimmste Katastrophe im Kindesalter, weinten sie beim Auftauen. So hatten es wohl auch mal Frauen, die sexualisierter Gewalt in der Kindheit ausgeliefert waren,

beschrieben. Gewalterfahrungen bedeuteten schließlich noch eine gewisse "Zuwendung“, daß man es "wert" war, mißbraucht zu werden. Nicht gesehen werden hieß dagegen totale Verlassenheit. Und das Nichtgesehenwerden ist schwer zu erkennen bzw. zu sehen. Wer schaut schon eine Blume an, die zertreten am Boden liegt? Wenn sie "Glück" hat, wird sie vielleicht getreten und ihr dadurch Beachtung geschenkt. Sehnsucht nach Gewalt? *Ja*, sprachen die Herbstblumen. Aber da kam auch schon eine Gärtnerin mit einer Gartenschürze, sah die Herbstblumen, streichelte behutsam ihre Blütenblätter und Blätter und gab ihnen genau das, was sie eigentlich ersehnt und gebraucht hatten: Wärme und Beachtung. *Ich sehe euch,* sprach sie, *ich kenne euch und liebe euch. Ich schenke euch gerne meine Liebe. Ich sehe, kann sehen, was ihr Schlimmes durchgemacht habt. Schöne Blumen können viele sehen, aber zerzauste, getretene, zertretene, ausgerupfte, weggeworfene und vielleicht sogar nochmals darauf getretene nicht. Mitunter oder auch oft sind Menschen blind auf einem Auge oder sogar auf zwei Augen für euer Leid, haben möglicherweise selbst Schlimmes durchgemacht. Aber darüber müßt ihr euch (jetzt) keine Gedanken machen, denn ich bin eure Gärtnerin, Behüterin und Beschützerin. Ich sehe euch, wenn auch sehr viele oder fast alle euch nicht sehen können. Ich bin so lange da bei euch, bis es euch wieder gut geht und ihr euch aufrichtet. Und die abgepflückten, weggeworfenen Blumen stelle ich in eine Vase auf einen schönen Platz, wo sie wieder auftanken können, wo sie immer gesehen und nicht vergessen sind. Und malen tue ich euch auch.* Da atmeten die Herbstblumen auf. Da war jemand, der bis auf den tiefsten Grund der Dinge blicken konnte, tiefste Verzweiflung erspüren und tiefes/tiefstes Mitgefühl empfinden konnte, Durchblick hatte.

So konnte die Gärtnerin bis an den tiefsten Grund der Dinge gehen und aus tiefstem Grunde Erkenntnisse gewinnen, wie einen Bodenschatz etwa. Sie schrieb dann folgenden Vers, in Anlehnung an Friedrich Hölderlin:

Wer eine Blume sieht, stehen bleibt, sie liebevoll betrachtet und liebevolle Worte sagt, hat viel verstanden.

Und *wer eine zerzauste und/oder geknickte Blume sieht, hingeht, stehen bleibt, sie liebevoll betrachtet, liebevolle Worte sagt, ihr Wasser zu trinken gibt und sie liebevoll aufrichtet, hat alles verstanden.*

Nun blühten sie wieder, es war wärmer geworden. Aber irgendwann würde der Winter kommen, und dann würde ihre Zeit vorbei sein. Aber wer wußte es denn schon so genau, wann die Zeit vorbei war. Der erste Advent stand unmittelbar vor der Tür. Immer länger wurden die Nächte, und der Weihnachtsmarkt war schon eröffnet. So machten sich jetzt die Herbstblumen Gedanken, wem sie in der Adventszeit eine Freude machen konnten. Die Weihnachtsnoten waren schon einmal ausgepackt, und auf dem Flügel ein paar Weihnachtslieder zu spielen, würde sicher so manches Herz erfreuen. Außerdem hatten die Herbstblumen begonnen, Jazz-Piano zu spielen sowie lateinamerikanische Rhythmen. Da gab es Dissonanzen, die wunderbar klangen.
Die Bäume schauten und horchten immer wieder zu. Sie verstanden die Sprache der Musik. Ecce homo, ecce homo riefen sie den Blumen zu. Und da war Klang. Ecce homo, ecce homo. Waren sie schon einmal einem ecce homo begegnet? Ganz selten, gewiß. Sie taten keiner Blume etwas zuleide, das ging gegen ihre Natur. Vor ihnen brauchte man sich nicht zu fürchten und zu schützen.

Nun war schon der 2. Advent angebrochen. Und heute war Nikolaus. Die Herbstblumen freuten sich, ein kleines Geschenk zum Nikolaustag zu machen. Ihnen machte es Freude, wie einst der heilige Nikolaus, Menschen eine Freude zu bereiten. Und sie wußten es ja auch, daß es die so genannten Kleinigkeiten sind, auf die es ankommt, die das Herz erreichten. Für gute, schöne Überraschungen konnte man doch selbst sorgen. Freude geben, Freude schenken, ein Herz erfreuen und sich mitfreuen.
Laßt uns froh und munter sein. Das war doch das Lied, das sie auf dem Klavier hörten. Die Blume vom anderen Stern hatte es gespielt, und da kamen auch gleich die Ideen. Friedrich Schiller war es ähnlich ergangen, als er vor seinem Herzog Carl Eugen geflohen war, sein Freund ihm auf dem Klavier vorspielte und er seine Räuber schrieb, womit er dann bekannt geworden ist.

Nun wurde es kälter. Der Winter stand unmittelbar vor der Tür. Der Flügel in der Wandelhalle war schon eingepackt, in die Ecke gerollt und abgeschlossen. So würden die Herbstblumen wohl kein Abschiedskonzert geben können und die Winterblumen musikalisch begrüßen können. Gab es sie denn überhaupt, die Winterblumen? Und hieß der Winter nicht Winterschlaf für alle Blumen? Und auch Blumen, die im Herbst noch einmal kräftig geblüht hatten, bereiteten sich so langsam auf die lang ersehnte Winterruhe vor. Und wenn dann der Schnee kam und sie mit seinem Weiß liebevoll zudeckte, so konnten sie schön träumen, während die Menschen auf der Erde Weihnachten und Neujahr feierten. *Schneeflöckchen Weißröckchen* sangen sie. Ein paar Schneeflocken hatten sich ja schon einmal gezeigt. Was waren das nicht alles für schöne Kristalle. Ja,

Eisblumen an den Fenstern. Das gab es. Und es gab ja die Nadelbäume, die ihr Laub nicht abschüttelten und sich in Liedern preisen ließen.

Und in ihrer Blumenzwiebel würde es trotz Dunkelheit Licht sein, das Licht des Lebens, das alle Wunden der Vergangenheit heilen würde. Im Tiefschlaf würde das heilsame Licht seine Wirkung entfalten. Am 24. Dezember würde es erscheinen, wenn es am dunkelsten sei und eine heilsame Stille sei, sie alle vereint - Frühlings-, Sommer-, Herbst- und Winterblumen. Die Schnee bedeckten Bäume draußen über der Erde würden ein Lied anstimmen, das bis in den tiefsten Erdengrund klingen würde, heilsame Klänge, in den Klangfarben der verschiedenen Laub-und Nadelbäume.

Nun war der Winter da, tiefer Frost hatte das Land überzogen, und es würden die Blumen ihre Winterruhe finden, für manche Blumen, insbesondere einjährige Pflanzen, würde es ihre ewige Ruhe sein. Sie hatten ihr Leben gelebt und Menschen Freude ins Herz gezaubert. Das war ihre Bestimmung gewesen, wenn auch nur für kurze Zeit.
Die Zwiebelblumen waren inzwischen in ihre tiefe Ruhephase getreten und träumten schöne Lieder. Sie wußten, daß sie im nächsten Jahr wiederkommen würden und das Glück auf sie wartete, sie dann wie neugeboren auf der Erde erscheinen würden. Sie brauchten keine Angst vor Albträumen des Krieges mehr zu haben, denn sie hatten die Banalität des Bösen, die sie zuvor so befremdet hatte, erkannt, so daß sie sich rechtzeitig schützen und zusammenfalten konnten.

Sie träumen vom blühenden Apfelbaum, der Früchte tragen wird.

    Laßt sie noch eine Weile träumen. Eines Tages werden sie läuten, daß bald ein neuer Frühling kommen wird und singen: *Der Winter ist vergangen.*
Dann werden die Quellen sprudeln, die Bäche rauschen, die aus dem Tauwasser der vereisten Berge ins Tal drängen. Sie werden rauschen, singen, sprudeln und tanzen: *Der Winter ist vergangen.*

Der Winter ist vergangen

Erde atmet,
Quelle sprudelt.
Eis schmilzt,
Bäume tanzen
den Lauf der Erde.
Der Winter ist vergangen.

leuchten
Ja
HERZENSMUT
erfahren
Ja
Ja spüren
Ja
LEBENSFREUDE
LEBENSFREUDE
Ja
Ja
schenken
HERZENS
Ja
GÜTE
Ja
Ja
ausstrahlen
leben
Ja
Ja

In diesem einzigen
 Sonnenuntergang
die Hoffnung auf
  Sonne sehen
die Hoffnung
daß nach tiefster
  dunkelster Nacht
die Sonne scheinen wird
  aufgehen wird
in einem blühenden
   strahlendem Apfelbaum
der seine Botschaft
    blühend
    strahlt

ich bin zu blühen geboren
zur Freude der Menschen
zur Freude der Menschheit
(und nicht zur Last)

Nicht nur zum Trotz
der Wolken und des
(Alltags)Graus
blühe ich
strahle ich

sondern aus mir heraus
aus meinem Innersten
wo ihr dunklen grauen Wolken
und ihr rasenden Blechlawinen
keine Macht über mich habt
und noch nie besessen habt
denn gegen die Allmacht
der Liebe
der Schöpferkraft
ist jedes, aber
jedes destruktive Unwesen
    machtlos, machtlos, machtlos.

Aus meinem innersten Kern heraus
blühe ich, erblühe ich
strahle ich, erstrahle ich
aus meinem göttlichen Kern
der seine Botschaft
    blühend
    strahlt
ich bin zu blühen geboren
zu wachsen und zu reifen
Früchte zu tragen
bis ans Ende
meiner Tage

So lag in diesem einzigen, einzigartigen Sonnenuntergang schon das Hoffen, das Erahnen des Erblühens und Blühens. Und er blühte weiter, trug Äpfel, zur eigenen Freude und zur Freude der Menschen. Nach jeder Ernte konnte er ausruhen, träumen vom nächsten Jahr, wo er weiter wachsen und gedeihen wird. Wachsen zur eigenen Freude und zur Freude der Menschen. So brachte der Apfelbaum das göttliche Geschenk der Lebensfreude zu den Menschen auf die Erde – das Paradies auf Erden.

Zur Autorin

Schaut in die Sterne, in den Himmel, das weite Himmelszelt, versteht die Sprache des Himmels …….. so heißt es in einem Lied, das die Autorin im März 2022 geschrieben hat. Es sind die universellen Werte, die unabhängig von Raum und Zeit sind, unabhängig von Gesellschafts-Systemen und Moden. Sich dies immer wieder bewußt zu machen und zu leben, das ist es, worauf es nach Meinung der Autorin ankommt. Als Ärztin hat sie sich sehr früh mit existenziellen Themen auseinandergesetzt und konnte in zahlreichen Patientengesprächen erfahren, worauf es ankommt, was wirklich hilft, trägt, heilt und hält. Nicht nur ein bißchen engagieren, sondern leidenschaftlich ganz Mensch sein, schrieb sie einmal in einem Gedicht.

Sie ist 71 Jahre, wurde am 6.Mai 1952 in Quedlinburg geboren, hat 1970 in der Internatsschule Schulpforte Abitur gemacht und gleichzeitig das Examen zur Krankenschwester absolviert.

Die Gespräche mit Patienten beim Putzen der Nachtschränke im Alter von 14/15 Jahren in ihrer Krankenschwesternausbildung und später sind ihr in besonders lebendiger Erinnerung geblieben. Und dann zufrieden mit einem Lächeln aus dem Krankenzimmer gehen, erfüllt, ein gutes Werk getan zu haben, das stärkt die Seele. Nie hat sie diese frühen Erinnerungen vergessen. Oder einen Patienten zu füttern, ihm das Kopfkissen aufzuschütteln, oder vor dem Nachhausegehen noch einmal flink ins Krankenzimmer hineinzuschauen, in Zivil. Das schafft eine geistige heilsame Atmosphäre und Vertrauen.

Nach dem Medizinstudium in Leipzig und Jena (1975) wurde sie Fachärztin für Radiologie und ging 1994 in die alten Bundesländer, wo sie bei befristeten Arbeitsverträgen wiederholt arbeitslos war. 2005 wechselte sie mit 53 Jahren in die Psychosomatik und spezialisierte sich auf Traumatherapie, Ego-state-Therapie und Psychodrama. Es zeigte sich dabei immer wieder, wie erforderlich dabei eine klare humanistische Geisteshaltung und eine Arzt-Patienten-Beziehung auf Augenhöhe ist. Wirkliche Hilfe ist eine Heilkunst, wo man tagtäglich neu gefordert ist, denn jeder Mensch ist einzigartig.

Durch ihre tiefgründigen Erfahrungen in der Radioonkologie und Psychosomatischen Medizin ist sie zu der Auffassung gelangt, daß geistiges Wachstum bis zum Ende der Tage ein gesundes lebendiges Altern ermöglicht und die wichtigste Prävention von Cancer und Demenz ist.

Lieblosigkeit macht krank. Das ist inzwischen von der neueren Hirnforschung bewiesen. *Menschlichkeit heilt,* heißt das erste Buch der Autorin, wo sie über ihr Leben als deutsche Ärztin in Ost und West berichtet.

Während der Wendezeit hat sie mit einer damaligen Freundin durch ihr Engagement für Pluralität wesentlich mit dafür gesorgt, daß bei der ersten Kommunalwahl die absolute Mehrheit einer Partei verhindert wurde. Sie saß während der Wende kommunalpolitisch am Runden Tisch, wurde in einer Radiologischen Universitätsklinik Thüringens basisdemokratisch zur Personalratsvorsitzenden gewählt, konnte bei der Evaluierung der Ärzte während der Wendezeit erreichen, daß auch die medizinische Betreuung mit berücksichtigt wurde, nicht nur wissenschaftliche Publikationen und Vorträge. 1994 setzte sie sich im Namen der Opfer entschieden und überzeugend dafür ein, daß ein ehemaliger IM nicht als Bürgermeisterkandidat bei der Kommunalwahl aufgestellt werden konnte, nachdem zuvor zur Vermeidung einer Pauschalisierung und einer oberflächlichen Gleichmacherei Einsicht in die Stasi-Akten genommen worden ist, Schuld konkret erkannt und benannt werden konnte.

Unter der Überschrift **PSYCHOPOESIE** hat sie bereits ***"Die Kapitänin und die Welle"*** sowie ***"Erzähle mir keine Märchen. Die Emanzipierten"*** geschrieben, denen nun ***"Auferstehung der Blumen"*** folgt.